Andrej Constantin

Die Absprache

Wenn nichts mehr zählt

Politthriller

Bibliografische Information der Deutschen Nationalbibliothek:
Die Deutsche Nationalbibliothek verzeichnet diese Publikation in der Deutschen Nationalbibliografie; detaillierte bibliografische Daten sind im Internet über http://dnb.dnb.de abrufbar.

Herstellung und Verlag: BoD – Books on Demand, Norderstedt

ISBN: 978-3-7543-5576-3

KAPITEL 1

James schob sich an der Menschenmasse in der New Yorker Metro vorbei. Als sich die Türen öffneten, rannte er los. Er hatte die Jungs schon um 19:00 Uhr treffen sollen, aber die Uhr stand beim Öffnen der Metrotüren bereits auf 19:55 Uhr. Ihm lag alles daran, dass er es vor 20:00 Uhr zur Bar schaffte. Er eilte die Treppe hinauf und legte einen Sprint am Broadway hin. Es war Freitag, der 8. März 1985, und es waren gerade einmal 2°C. James' schwarzer Mantel flatterte von links nach rechts über seine Hüfte, während er wie eine Lokomotive die Luft ausstieß, um die Geschwindigkeit zu halten. Er war so schnell, dass einige Taxifahrer ihre Blicke von der Straße abwandten, um ihn beim Laufen zu beobachten. Als er die Hälfte der Strecke von der Cathedral-Parkway-Metrostation bis zur Bar zurückgelegt hatte, erblickte er das neonrote Schild über dem Eingang. Das flackernde ‚a' in ‚Uncle's Bar' half ihm dabei, seinen Laufrhythmus zu halten. Er hatte den Barkeeper bereits vor vier Monaten darüber informiert, aber nichts hatte sich seitdem geändert. Heute war ein großer Tag. Dies war das letzte Mal vor den Examen im Mai, dass sich alle treffen würden. Die letzten zwei Jahre hatten sie sich fast täglich getroffen, aber so kurz vor dem Examen war jeder zu sehr mit dem Lernen beschäftigt. Jeder, den er kannte, schien bereits seit der Highschool zu wissen, was er später machen würde. Für James war es anders. Nichts schien ihn so richtig zu packen. Er hatte gedacht, dass der Bewerbungsprozess ihn dazu zwingen würde, sich für eine Sache zu entscheiden, aber alle fünf Bewerbungen wurden akzeptiert. Manche wären bereits über eine Zusage dankbar gewesen, aber James erschwerte es, eine Entscheidung zu treffen.

Weil es ihm so schwerfiel, sich zu entscheiden, legte er die Logos von allen Organisationen und Unternehmen, bei denen er sich beworben hatte und angenommen worden war, auf sein Bett. Er drehte sich um und warf eine Quarter-Münze über seinen Kopf. Gleich beim ersten

Versuch landete die Münze auf dem NASA-Logo. Er zögerte nicht lange und nahm es in die Hand. Endlich hatte er eine Entscheidung.

Wo sonst könnte ich meine Physik- und Mathekenntnisse adäquat einbringen?, dachte er sich, während er die anderen Logos in den Mülleimer warf. Auch die Flugzeughersteller hätten ihn begeistert, aber das Motto der Columbia University lag ihm stets im Ohr: „In deinem Licht werden wir Licht sehen." Das ging ihm ständig durch den Kopf, als er die Tür zum Restaurant öffnete. Als er eintrat, waren die ganzen Gedanken, die ihn während des Laufens begleitet hatten, wie weggeblasen. Der gesamte Raum war vernebelt. Jeder schien zu rauchen. James störte es nicht weiter, obwohl er ein Nichtraucher war. Die Bar war nicht unweit vom Campus der Columbia University entfernt. Die gesamte Kneipe war heruntergekommen. Teilweise bestanden die Stühle und Tische mehr aus abgewetzten Holzritzen als aus massivem Holz. Überall hatten sich die Menschen verewigt, so wie auch James es bereits getan hatte. Trotz der miserablen Ausstattung war die Bar gut besucht. Der Hauptgrund war hauptsächlich der günstige Alkohol, der in Strömen floss. James schob sich an den anderen Studenten vorbei, bis er den Vierertisch am Ende der Bar neben dem Toiletteneingang erblickte. Ein Stuhl war noch frei. James kannte den Stuhl nur zu gut. Auf der Unterseite des Stuhles hatte er seine Initialen in der Nähe des hinteren rechten Stuhlbeins eingeritzt. Als er den letzten Kerl zur Seite geschoben hatte, erblickte er Arthur. Während James die letzten drei Schritte hinüber zum Tisch ging, erhob Arthur sein Bier mit der rechten Hand und zeigte mit dem linken Zeigefinger auf den freien Stuhl.

„Ich habe mir schon gedacht, dass du zu spät kommst", grinste Arthur, als James an den Tisch trat. Vor ihm stand ein volles Bier, aber es machte keinen schalen Eindruck, eher das Gegenteil war der Fall. Die CO_2-Blasen hörten nicht auf an die Oberfläche zu sprudeln. „Greif schon zu", fuhr Arthur fort. „Ich habe es erst vor fünf Minuten bestellt."

James ließ sich nicht zweimal bitten. Er griff zu und stieß mit seinen Freunden im Uhrzeigersinn an. Erst mit Arthur, der sich ein Grinsen nicht verkneifen konnte. Sie kannten sich bereits seit der Highschool und konnten unterschiedlicher nicht sein. Während sich James der Technik hingab, war Arthur ein passionierter Jungpolitiker, der sich bereits als Wahlhelfer bei den Demokraten engagiert hatte. Arthurs Familie war darüber nicht gerade erfreut, da sie bis zum Schluss davon ausgegangen war, dass er die Privatbank in fünfter Generation weiterführen würde. Aber er hatte andere Pläne und es schien, dass seine Eltern ihn nach jahrelangen Diskussionen endlich machen ließen. Darüber war er sehr erleichtert, da ihm der bloße Gedanke an die Leitung der Bank nahezu physischen Schmerz zugefügt hatte. Als Nächstes war John an der Reihe. Sein richtiger Name war Michael Johnson, aber sie nannten ihn alle nur John. Arthur hatte ihn bei einem Parteitag der Demokraten kennengelernt und eines Tages zum Mittagessen in die Mensa mitgenommen. Alles Politische interessierte James nur geringfügig, aber John hatte eine Art, die außergewöhnlich war. Sie konnten über alles reden. Johns Interessen waren vielfältig und erstreckten sich von Sport über Politik bis hin zur Astronomie. Abgesehen davon hatte er eine Gabe. Er war der Einzige, dem James zutraute, Kühlschränke am Polarkreis zu verkaufen, und zwar im Dutzend. Zum Schluss stieß er mit Kayan an. Dieser war der Spross einer wohlhabenden kamerunischen Familie. Sein Onkel versorgte ihn ständig mit den aktuellen Informationen aus Kamerun. Monatlich, manchmal sogar wöchentlich, erhielt er ein Paket und verbrachte anschließend den gesamten Tag damit, die Informationen wie ein Schwamm aufzusaugen. Am ersten Tag der Eröffnungswoche hatte er Kayan kennengelernt. Kayan hatte einen Basketball dabei, und als James in der Mensa anstand, fiel dieser vom Stuhl und rollte James vor die Füße. Er hob ihn auf und brachte ihn zu Kayan zurück, als er sein Mittagessen bezahlt hatte. Danach beschlossen die beiden, ein paar Körbe zu werfen. Bereits beim Essen hatten sie sich gut verstanden, aber beim Basketball sprang der Sympathiefunke endgültig über. Es war etwas, was nur der Sport hervorrufen konnte. Nachdem Arthur die letzten Formulare für seine Kurse ausgefüllt hatte, stieß er dazu. Beide verstanden sich auf Anhieb. Warum auch nicht? Politisch waren sie auf derselben Wellenlänge.

„Für wen hast du dich entschieden?", fragte Kayan, als die Biergläser klirrten.

„Für die NASA", antwortete James, bevor er einen großen Schluck nahm.

„Nun bist du auch einer von uns", meinte John.

„Nicht so hastig, John. Ich versuche, nach den Sternen zu greifen, während ihr nach dem Geld schielt", entgegnete James.

John brach in starkes Gelächter aus. „Nun hab dich nicht so. Ich bin froh, dass du dich wissenschaftlich beteiligst", erklärte John.

„Irgendjemand muss die Welt voranbringen. Es kann sich schließlich nicht jeder politisch engagieren", ergänzte Arthur lautstark.

„Was ist mit dir, Kayan? Gehst du im Sommer zurück nach Kamerun?", fragte James, als er seinen Blick ruckartig von Artur abwandte.

„Ja", antwortete er und hielt kurz inne. „Ich darf im Wirtschaftsministerium anfangen", verkündete er lautstark.

Arthur, John und James schrien vor Freude und gaben so ihren Beifall kund. Arthur stellte sogar sein Bier zur Seite und stieß ein Pfeifen aus, was die gesamte Bar überschallte. Es war so laut, dass sich einige Gäste umdrehten, aber bevor sie den Pfeifer ausfindig machen konnten, hatte er bereits wieder sein Bier in der Hand.

„Was ist mit dir, John?", fragte James neugierig.

„Ich habe ein Praktikum bei Senator Gowther erhalten", antwortete er zurückhaltend. Noch bevor er das letzte Wort aussprechen konnte, regnete es Beifall. Während James klatschte, hämmerten Kayan und Arthur im Freudenrausch auf dem Tisch herum. Erst als John seine Hand hob, hörte der Lärm auf. „Aber erst muss ich alle Examen bestehen", fuhr er mit steifer Miene fort.

„Wird schon schiefgehen, du alter Schwänzer", frotzelte Arthur.

„Irgendwo habe ich noch ein verstaubtes Politikbuch herumliegen, damit solltest du es schaffen", lachte James und verschüttete dabei etwas Bier über den Tisch.

Kayan holte einen zerknüllten Dollarschein aus seiner Hosentasche und warf ihn zu John hinüber. „Mit der Einstellung kannst du jeden Dollar gebrauchen", sagte Kayan lachend.

„Du Spinner", erwiderte John, als er ihm den Dollar zurückwarf.

„Du hast von uns allen die größten Ambitionen. Immerhin willst du Präsident werden."

„Ich möchte nur, dass es Kamerun gut geht", antwortete Kayan mit einem bedrückten Gesicht.

„Nun hab dich nicht so, du strahlst doch sonst immer wie das pralle Leben", entgegnete Arthur.

„Eher wie die Sonne", ergänzte James und hob zum Toast an.

KAPITEL 2

Die letzte Woche hätte fast das gesamte Leben aus James gesaugt. Sogar am Sonntag war er noch bis spät in die Nacht wach, um sein Projekt abzuschließen.

Bisher war das Jahr 2019 alles andere als erfreulich gewesen. Die Arbeit wollte ihm keine Auszeit gönnen.

Trotz Übermüdung konnte sich James dazu durchringen, im Bademantel auf dem Balkon zu frühstücken. Die Sonne war einfach zu einladend, um sich noch weiter im Bett aufzuhalten. Abgesehen davon war es sein erster offizieller Urlaubstag seit Langem. Zwar war der Sonntag grundsätzlich heilig, aber wie so oft spielte das bei wichtigen Terminen keine Rolle.

Während er genüsslich seinen Eiskaffee trank, lauschte er aufmerksam dem Radio. Viele Menschen machten einen gestressten Eindruck an diesem sonnigen Montag. Nur nicht James. Er genoss seine Freiheit und ließ seinen Blick über den Bürgersteig wandern, um Gleichgesinnte zu finden, die stresslos daherschlenderten. Als James seine Blicke erneut über den Bürgersteig wandern ließ, erregte der Nachrichtensprecher seine Aufmerksamkeit.

„Die seit längerer Zeit geplante Krisensitzung der Generalversammlung der Vereinten Nationen wird morgen trotz mehrerer Aufschiebungsversuche wie geplant tagen", knisterte die Nachrichtensprecherstimme durchs alte Art-déco-Radio auf dem Fenstersims. Das verzerrte Geräusch machte es schwierig, den Nachrichtensprecher genau zu verstehen, weshalb James sich ins Innere begab, um den Kanal zu justieren. Die restlichen Nachrichten konnte er aber nicht mehr hören, da er zu lange für die Einstellung des Kanals benötigte. Dann erklang aus dem Radio Musik. James richtete sich auf und schritt in die Küche, um die andere Bagelhälfte zu holen. Er war gerade dabei, mit dem Bagel auf dem Teller zurück zum Balkon zu gehen, als das Handy auf dem Küchentisch klingelte. Ohne auf die Anzeige zu schauen, nahm er den Anruf entgegen.

„Offenbach am Apparat", sagte er.

„Schön, dich zu hören", antwortete ihm eine vertraute Stimme. „Ich bin es, Arthur."

James legte den Teller mit dem Bagel aus der Hand und setzte sich auf einen Hocker am Küchentisch. „Wie geht es dir? Habe lange nichts mehr von dir gehört", entgegnete James.

„Ich weiß. Ich hätte mich in der Zwischenzeit auch mal melden können. Leider ließ es meine Arbeit nicht zu", antwortete Arthur nüchtern.

„Hättest du heute Zeit? Ich würde dich gerne auf einen Kaffee einladen."

„Gerne. Ich habe die nächsten zwei Wochen frei", erwiderte James und ging zum Radio. „Ich habe gerade im Radio gehört, dass morgen ein Krisentreffen der Vereinten Nationen hier in New York stattfindet", fuhr James fort, als er das Radio ausgeschaltet hatte. „Arbeitest du noch für die?"

„Das ist auch der Grund, warum ich gerade in New York bin. Ansonsten wäre ich wohl auf der anderen Seite des Atlantiks", antwortete Arthur.

„Das Treffen scheint eine große Sache zu sein, wenn jetzt alle Leute dafür zusammengetrommelt werden", erklärte James und lief zurück zum Küchentisch.

„Es ist eines der größten Treffen der letzten fünfzig Jahre", verkündete Arthur voller Inbrunst.

„Ist es schon wieder so weit?", fragte James nachdenklich, als er das Flackern des Küchenlichtes bemerkte.

„Ich habe in den letzten zwanzig Jahren viele Krisen erlebt, die mit verhältnismäßig geringem Aufwand gelöst wurden, aber sobald es mehrere Länder oder sogar Kontinente betrifft, ändert sich der Maßstab gewaltig", erklärte Arthur.

„Klar, du hast natürlich recht", bestätigte James und setzte sich erneut auf den Küchenhocker.

„Passt es dir um 12:00 Uhr in Marshal's Café?", fragte Arthur.

„Geht klar", antwortete James.

„Sei pünktlich", sagte Arthur.

„Werde ich sein", entgegnete James lachend und legte auf.

Er legte das Handy zurück auf den Küchentisch und ging mit der zweiten Bagelhälfte nach draußen. Während er den Bagel genüsslich aß, musste er an Arthur denken. Er konnte es selbst kaum glauben, dass es zwei Jahre zurücklag, als sie sich das letzte Mal getroffen hatten. Die Arbeit hatte ein Treffen in der Vergangenheit leider nicht ermöglicht.

Nach dem Verzehr des Bagels begab er sich in die Küche und verschloss die Balkontür hinter sich. Viel Zeit hatte er nicht mehr bis zu seiner Verabredung, vor allem, weil er zu Fuß gehen wollte. Nach einem kurzen Blick auf die Wanduhr, die über der Eingangstür hing, bemerkte er, dass es kurz vor 11:00 Uhr war. In Windeseile stürmte er unter die Dusche, um sich des Frusts der vergangenen Arbeitswoche zu entledigen. Nach einer kurzen Bedenkzeit vor der Garderobe entschied sich James für ein blauweiß gestreiftes Hemd, einen anthrazitfarbigen Blazer und dunkle Jeans. Viel legerer war sein Kleiderschrank sowieso nicht ausgestattet. Durch die Arbeit hatte sich sein Dresscode zunehmend auf seine Freizeitkleidung ausgedehnt. Unter Zeitdruck zog er sich die Schuhe an und lief hastig die Treppe hinunter. Immerhin wollte er noch in Erfahrung bringen, ob sein Buch für seine Sammlung schon angekommen war. Mit zügigen Schritten und immer mit einem Auge auf seine Armbanduhr schaffte es James bis 11:20 Uhr zum Büchergeschäft. Es war eine kleine Buchhandlung mit zwei Schaufenstern. Im rechten Schaufenster waren immer die neuesten Bücher ausgestellt. Fein säuberlich wurden diese an alte Holzkisten angelehnt. Wie eine Art Treppe. Somit bot das Fenster viel Raum, um den Passanten die neuesten Bestseller zu präsentieren. Im anderen Schaufenster wurden hingegen nur Klassiker und antike Schriften ausgestellt, die durch das Zusammenspiel zwischen einer alten Kolonialkarte im Hintergrund und rot-weißen Verzierungen im Vordergrund alle Blicke auf sich lenkten. James hatte sich beim Einrichten seiner Wohnung häufiger von diesem Büchergeschäft inspirieren lassen.

Nach einem kurzen Blick auf die Neuigkeiten betrat James das Geschäft.

„Einen wundervollen Tag, James", begrüßte ihn ein älterer Mann mit Schnurrbart im weißen Hemd und einer schwarzen Schürze. „Du kommst genau richtig. Dein Buch ist gerade eingetroffen." James wollte gerade auf den Satz antworten, aber Jimmy war wie immer schneller und setzte zugleich den nächsten Satz nach. „Ich war gerade dabei, das Buch für dich einzupacken, um es an deine Adresse zu schicken. Aber wie der Zufall es so will, bist du nun hier", sagte Jimmy, während er sich von der linken Bücherwand abwandte, um mit James zusammen zum Tresen zu gehen.

James ließ Jimmy seinen Monolog führen, während er ihm zum Tresen folgte. Er nutzte die Zeit, um nach neuen Büchern Ausschau zu halten.

„Du willst das Buch doch gleich mitnehmen, oder?", fragte Jimmy und holte tief Luft.

„Ich habe leider nichts zum Tragen dabei", antwortete James.

„Das ist doch kein Problem. Du kennst doch unsere Devise", erklärte Jimmy, zeigte auf einen Querbalken über der Theke und las die weiße Inschrift darauf vor: „Der Kunde ist König."

Jimmy führte James an den Kunden vorbei hinüber zur anderen Seite des Tresens und schob das Verpackungspapier zur Seite.

„Hier ist es", sagte Jimmy, als ein in Leder gebundenes Buch zum Vorschein kam. James lehnte sich über den Tresen, um einen besseren Blick zu erlangen.

„Band 5 der Enzyklopädie der USA: Die Städte", las er, während er seinen Blick über das Buch gleiten ließ.

„Bist du zufrieden?", fragte Jimmy.

„Du hast nicht zu viel versprochen", antwortete James begeistert, als er das Buch in die Hand nahm, um den Rücken zu begutachten.

„Soll ich es für dich einpacken?", fragte Jimmy.

In Gedanken versunken drehte James sich um. Er musste schließlich noch Arthur treffen. Eine Verpackung wäre wohl angebracht. James hatte schon den Mund geöffnet, da erhob sich Jimmy aus seiner Hocke mit Schaumstoff in seiner rechten Hand.

„Natürlich willst du das", meinte Jimmy und legte die Verpackungsfolie auf den Tresen. Einige Handgriffe später und das Buch war in seiner durchsichtigen Schutzfolie. Geschützt durch Lufttaschen war es nun für eine Exkursion vorbereitet. „Nur noch kurz in die Tüte und das gute Stück ist für den Abmarsch bereit", erklärte Jimmy und übergab ihm das Buch. „Wie immer belaste ich deine Kreditkarte. Die Rechnung bekommst du dann per Post."

„Alles klar", entgegnete James.

„Kann ich sonst noch etwas für dich tun?", fragte Jimmy, während er die nicht benutzten Reste des Verpackungsmaterials zur Seite räumte.

„Fürs Erste nicht. Leider habe ich heute keine Zeit mehr. Beim nächsten Mal plane ich mehr ein", bedauerte James, als er die Uhrzeit auf der Kassenuhr erblickte.

„Wenn du demnächst noch etwas benötigst, komm einfach vorbei oder geh auf unsere Internetseite. Wir haben dort gerade unser Sortiment erweitert", schlug Jimmy vor, während James sich zur Eingangstür begab.

„Danke für den Tipp", erwiderte James, als er sich an den Kunden vorbei zum Ausgang schlängelte.

Ohne zu zögern, begab er sich die Straße hinunter zu Marshal's Café. Zwar wäre James gerne länger geblieben, aber sein Treffen mit Arthur war wichtiger. Normalerweise hätte James die gesamte Frühlingsatmosphäre auf sich einwirken lassen, aber den zeitlichen Umständen geschuldet schritt er an den Geschäften vorbei, ohne diesen auch nur einen Blick zu zollen. Mit der Tasche in der rechten Hand beschleunigte

James sein Tempo, in den letzten Minuten legte er noch einen weiteren Gang ein. Nach einem Rechtsabbieger und weiteren zwanzig Schritten stand er vor dem Café. Sogar fünf Minuten vor der Zeit.

KAPITEL 3

Marshal's Café machte eher den Eindruck eines Pubs als das eines Cafés. Die Kundschaft war sehr gemischt. Sie reichte von etablierten Alt-Hippies bis hin zu Müttern mit ihren Kleinkindern, die sich eine kurze Auszeit gönnten. Während James sich nach einem Platz umsah, stieg ihm der Geruch von süßem Gebäck in die Nase, der einen Kontrast zum rustikal eingerichteten Etablissement bot.

Alle Sitzplätze schienen besetzt. Beim erneuten Hinsehen fiel sein Blick auf einen Platz im hinteren Eck des Cafés. Kein Wunder, dass er Schwierigkeiten hatte, den Platz ausfindig zu machen, da dieser Platz in Dunkelheit gehüllt war. Nur vereinzelte Sonnenstrahlen fielen durch das Fenster und erleuchteten den zweiten Sitzplatz gelegentlich. Ohne weitere Zeit zu verschwenden, machte sich James auf zum Tisch und setzte sich auf die Eckbank, um einen besseren Blick auf den Eingang zu haben. Als er sein Buch auf den Tisch legte, bemerkte er eine Gestalt von seiner Linken herantreten.

„Guten Tag, wie kann ich Ihnen helfen?", fragte eine rothaarige Bedienung. James' Blick fiel auf ihr rotes Namensschild, das den selben Farbton wie ihre Haare hatte. In weißer Schrift war dort kursiv der Name Aimee abgebildet. James war gerade dabei, zu überlegen, was er bestellen wollte, als er eine bekannte Stimme hinter Aimee hörte.

„Aimee, bring uns bitte eine Cola und einen von euren hervorragenden Cappuccinos", hallte es zu James durch. James lehnte sich zur Seite, um einen Blick auf die Person zu erlangen.

Sein Instinkt hatte ihn nicht getäuscht. Es war Arthur. Er hatte sich in den letzten zwei Jahren kaum verändert. Seine Haare waren weißer als vorher, und länger. Er hatte seine Freizeitkleidung an und stand dort mit einer beigen Hose, die schon mal bessere Zeiten gesehen hatte, und einem dunkelblauen Poloshirt.

14

„Entschuldige, James, dass ich dir ins Wort gefallen bin, aber die Bestellung ist doch passend, oder?", fragte Arthur, während er sich an Aimee vorbeischob und mit einem breiten Lächeln auf den Platz gegenüber setzte.

„Passt schon", erwiderte James und reichte seine Hand über den Tisch. Noch bevor Arthur sich setzen konnte, erwiderte er den Handschlag.

„Schön, dass du dich hier wieder blicken lässt. Nicht dass du einen Ausreißer machst und woanders Stammkunde wirst", sagte Aimee, während sie die Bestellung aufschrieb.

„Keine Sorge. Ihr kümmert euch einfach zu sehr um mein Wohl", antwortete Arthur. Dann drehte sich Aimee vom Tisch weg und eilte zum Tresen. Arthur blickte noch ihrem Gang nach, während James sich zurücklehnte.

„Ist sie der Grund, warum du dieses Café besuchst, oder doch eher der Kaffee?", fragte James neugierig.

„Eigentlich ist es das Ambiente. Hier habe ich meine erste Freundin kennengelernt. Auch wenn sich die Lokalität verändert hat, bleibt die Atmosphäre trotzdem bestehen", antwortete Arthur und richtete seinen Blick auf James.

„Das Ambiente hat etwas für sich, da muss ich dir recht geben", bestätigte James.

„Hast du mich eigentlich nicht bemerkt, als du hineingekommen bist? Ich saß dort auf der anderen Seite und habe gewinkt, aber dein Blick war starr. Du hast einfach durch mich hindurch gesehen", sagte Arthur und zeigte auf seinen Sitzplatz an der Theke.

„Entschuldige, ich war so beschäftigt, einen Platz zu suchen, dass ich alles andere ausgeblendet habe", entgegnete James.

„Von hier aus hat man einen besseren Überblick", erklärte Arthur als er aufstand und sich mit seinem Stuhl zu James' Rechten setzte. Er rückte den Tisch etwas nach vorne, um mehr Platz zu haben. Mit einem raschen Schwenken seines Kopfes überflog er die Räumlichkeit des Cafés.

„Wie lange haben wir uns jetzt nicht gesehen?", fragte Arthur, während er James intensiv anblickte.

„Zwei Jahre. Früher haben wir fast jeden Tag miteinander gesprochen", antwortete James.

„Stimmt, zwei Jahre sind es her. Mittlerweile haben wir die Fünfzig passiert. Das ist fast so, als wenn wir uns in den Zwanzigern für zehn Jahre nicht gesehen hätten.

„Du hast mir am Telefon berichtet, dass du mit mir über wichtige Punkte sprechen möchtest. Um was geht es überhaupt?", fragte James, während Arthur mit seinem Blick an der Decke hing.

Während Arthur die passenden Worte suchte, tippte James unbewusst mit seinem rechten Zeigefinger auf das Buch in der Papiertasche, welches sich auf der rechten Tischkante zwischen James und Arthur befand.

Arthur wollte gerade anfangen zu sprechen, da erblickte er Aimee mit einem Tablett auf den Tisch zukommen.

„Ich erzählte dir gleich alles", sagte er und zeigte auf Aimee, die gerade mit der Bestellung auf sie zukam.

„Anbei die Getränke", sagte sie und legte die Rechnung auf den Tisch.

„Danke für die schnelle Bedienung", antwortete Arthur, während er zur Tasse griff.

„Sollten Sie noch etwas wünschen, dann lassen Sie es mich einfach wissen", erwiderte Aimee und drehte sich um, um die nächste Bestellung am Nachbartisch entgegenzunehmen.

James tat es Arthur gleich und griff zur Cola. Das Spazierengehen hatte ihn durstig gemacht, weshalb er fast das halbe Glas in einem Zug leerte.

„Ich weiß nicht, ob du es mitbekommen hast, aber morgen ist ein wichtiger Tag bei den Vereinten Nationen. Es werden nicht nur Vertreter der einzelnen Länder erwartet, sondern auch mehrere Regierungschefs", erklärte Arthur.

„Es wurde heute Morgen im Radio davon berichtet, dass es ein Treffen von solcher Größe bisher noch nicht gegeben habe", fügte James hinzu, als er das Glas abstellte.

„Stimmt genau", bestätigte Arthur. „Das war verdammt viel Arbeit und nervenaufreibend. Die meisten von denen meinen, sie hätten immer Besseres zu tun", fuhr Arthur grimmig fort. Arthurs Haltung begann, sich zu versteifen. Als er bemerkte, dass er sich zu sehr in die Sache hineinsteigerte, rollte er kurz seine Schultern, um sich zu lockern.

„Als ich noch bei der Weltbank arbeitete, waren wir auch ständig dabei, große Probleme anzugehen. Leider hat sich ein Netzwerk aus politischen Intrigen vor unseren Augen manifestiert. Wir hätten es sehen müssen, aber es kam aus dem Nichts. Die gesamte Planung wurde über Nacht hinfällig. Aber die Organisation der Vereinten Nationen ist eine Liga für sich. Die meiste Zeit habe ich das Gefühl, dass dort die Zeit eingefroren ist. Die schmeißen dort nur mit Vetos um sich und mimen ein fröhliches Zusammensein." Als Arthur mit allem durch zu sein schien, nahm er die Tasse mit Cappuccino hoch und setzte zum Trinken an, als es aus ihm herausbrach: „Manchmal habe ich das Gefühl, ich bin im Irrenhaus." Erneut versteifte er sich.

„Ich habe immer gedacht, dass die Vereinten Nation effizient seien", wandte James ein, während Arthur sich endlich durchgerungen hatte, einen Schluck vom Cappuccino zu nehmen. Er stellte die Tasse vor sich auf den Tisch und lehnte seine Ellenbogen daneben. Er richtete sich anschließend mit der rechten Hand kurz das Haar und schlug dann die Hände zusammen, als ob er beten wollte. „Zu den Vereinten Nationen zählen fast zweihundert Mitgliedstaaten. Dazu kommt, dass die alle unterschiedliche Interessen verfolgen. Manchmal schließen sie sich zusammen, um einem gemeinsamen Ziel zu folgen, aber so oft gelingt das nicht.

„Effizienz sieht bei Weitem anders aus", erwiderte James und stützte sein Kinn nachdenklich auf den Händen ab.

„Sei froh, dass du nicht für öffentliche Einrichtungen arbeitest", meinte Arthur, als er sich nach hinten lehnte. Als er ein Knacken vernahm, schoss er reflexartig nach vorne, um nicht nach hinten wegzufallen.

„Ich habe bisher nur für ein Jahr nach dem Studium bei einer öffentlichen Einrichtung gearbeitet. Es war eine sehr lehrreiche Zeit, die ich nicht missen möchte. Zum Glück blieb mir die Verwaltungsarbeit zu dieser Zeit erspart", entgegnete James.

Arthur war in der Zwischenzeit damit beschäftigt, seine Taschen zu durchsuchen. „Wo ist es bloß?", murmelte Arthur, als er von der linken Hosentasche zur rechten wechselte. Verwundert verfolgte James das Spektakel. Als Arthur erneut die vorderen Hosentaschen abklopfte, wurde James neugierig. „Was suchst du eigentlich?", fragte er.

„Ein Ticket für eine Einladung, die ich dir geben möchte", antwortete Arthur, als er seine Gesäßtasche überprüfte. „Endlich", rief er aus, als er ein glitzerndes Stück Papier hinter sich hervorzog. Das Stück Papier war bunt beschriftet und hatte mehrere Wasserzeichen auf einem blauen Hintergrund. Des Weiteren wurde es durch ein Kinegramm geschmückt, das je nach Betrachtungswinkel das Zeichen der Vereinten Nationen durchschimmern ließ.

„Ist die Karte fürs morgige Treffen?", fragte James.

„Korrekt. Dies ist eine Eintrittskarte zu einer Veranstaltung im Plaza-Hotel. Es werden dort morgen mehrere hochrangige Delegierte erwartet. Ohne ein solches Ticket erhältst du keinen Zutritt zum Empfang", erklärte Arthur, als er das Ticket vor James ablegte.

„Wird Kayan an dem Treffen teilnehmen?", fragte James, als er das blaue Ticket begutachtete.

„Ja. Aber erst mal das Wichtigste vorweg: Diese Eintrittskarte, die du dort vor dir siehst, ist für dich bestimmt. Mit dieser Karte hast du Zugang zu allen Räumlichkeiten, die für diese Veranstaltung im Plaza gebucht wurden. Du kommst nur mit diesem Ticket und einem Pass ins Gebäude. Die Anweisungen sind strikt, also hab morgen beides dabei", erklärte Arthur, während er James das Kleingedruckte auf dem Ticket zeigte.

„Danke für die Einladung. Aber was soll ich unter so vielen Staatsführern? Ich kenne doch nur dich und Kayan. Abgesehen davon kann ich mir nicht vorstellen, dass er viel freie Zeit hat", sagte James, als er sich das Ticket auf dem Tisch genauer ansah.

„Natürlich ist er als Präsident seines Landes sehr beschäftigt, aber er hat mich explizit angewiesen, dich einzuladen", erwiderte Arthur mit ernstem Blick.

James war schon länger in engem Kontakt mit Kayan. Die Freundschaft bestand seit der Universität. Zwar war es für Kayan schwerer, Zeit zu finden, seit er Präsident von Kamerun war, aber irgendwie klappte es dann doch immer. Kayan hatte ihm von einem wichtigen Treffen in New York erzählt, aber ansonsten nichts Weiteres dazu erwähnt. James ging sowieso davon aus, dass sie sich privat treffen würden.

„Seit er Präsident geworden ist, habe ich ihn nicht mehr gesehen. Nur der eine oder andere Brief schaffte es zu ihm durch", fuhr James fort, als er das Ticket anfasste. „Ich habe erfahren, dass sich die Krise in Kamerun verschärft", meinte James, als er das Ticket umdrehte.

„Die Lage in Kamerun ist sehr angespannt. Die finanzielle Lage, die politischen Unruhen und ein drohender Bürgerkrieg tragen maßgeblich zu der Instabilität des Landes bei", ergänzte Arthur. „Momentan können wir froh sein, dass es bisher nicht schlimmer gekommen ist. Sollte sich die finanzielle Lage weiter verschlechtern, dann ist es unmöglich, vorherzusagen, was Kamerun für ein Unglück droht.
Wir sind gerade dabei, einige wichtige Verträge mit den USA abzuschließen und benötigen dafür jede Hilfe, die wir kriegen können."

„Was für Verträge?", fragte James, als er sich mit dem Ticket in der Hand auf der Bank zurücklehnte. Mittlerweile war sein Gesicht in Dunkelheit gehüllt. Nur noch vereinzelte Sonnenstrahlen, die vom Boden abprallten, vermochten sein Gesicht gelegentlich zu erleuchten.

„Es geht um Wirtschaftshilfe aus den USA. Die Auflagen für die Wirtschaftsförderung sind aber alles andere als angenehm. Mehr kann ich dir fürs Erste auch nicht erzählen. Es ist besser, wenn dir Kayan morgen die Einzelheiten erklärt, vorausgesetzt du hast Zeit", antwortete Arthur

„Ihr macht euch das Leben wirklich nicht einfach", erwiderte James, als er sich nach vorne beugte, „Natürlich habe ich Zeit", versprach James und steckte das Ticket anschließend in seine Sakkotasche.

Arthurs Augen fingen an, zu leuchten. Aus dem Nichts hob er seine Arme über die Schultern und ein Lächeln zierte sein breites Gesicht. „Wenn ich nicht noch arbeiten müsste, dann würde ich dich jetzt zu einem Drink einladen", erklärte Arthur. Einen kurzen Moment später hatte er die Hände wieder unten. James musste selbst den Freudenrausch Arthurs mit einem Grinsen erwidern. Diese aufheiternde Art hatte er vermisst. „Entschuldige, wenn ich so direkt bin, aber ich muss noch etwas Wichtiges für das Treffen erledigen. Gerne würde ich länger bleiben, aber die Pflicht ruft", entschuldigte sich Arthur und schob den Stuhl langsam nach hinten weg.

„Keine Sorge. Wir sehen uns morgen. Man sieht dir an, dass du unter Strom stehst. Freizeit sieht halt anders aus", antwortete James und nahm den letzten Schluck aus der Cola zu sich.

Als Arthur aufgestanden war, kämmte er sich mit der Hand einige Haarsträhnen von der Stirn weg und schob danach den Stuhl zurück an seinen ursprünglichen Platz.

„Nicht vergessen. Du benötigst beides: das Ticket und deinen Pass", wiederholte Arthur, bevor er zum Tresen ging.

„Keine Sorge", meinte James, während er sich von seinem Sitzplatz erhob.

„Beim nächsten Mal bist du dran", erwiderte Arthur mit einem breiten Grinsen, als er einen Schritt vom Tisch entfernt über seine Schulter zurückblickte.

„Was anderes habe ich nicht erwartet", rief James ihm hinterher und wandte sich kurz um, um seine Tasche mit dem Buch zu greifen. Als sich James zum Eingang drehte, konnte er gerade noch Arthur durchs Schaufenster erblicken, bevor dieser aus seiner Sicht verschwand. Auf dem Weg hinaus verabschiedete er sich noch von Aimee und schritt dann durch die Tür auf die Straße. Er genoss die Sonnenstrahlen, die sein Gesicht erwärmten, steckte die Hände in seine Taschen und machte sich auf den Heimweg.

KAPITEL 4

„Weißt du, wer der schlanke braunhaarige Kerl mit der Tasche dort drüben ist?", fragte ein Mann mit Kapuzenpulli und Jeans lispelnd. Als er keine Antwort erhielt, drehte er seinen Kopf nach links zu seinem Kollegen. „Schnell, Gustav, bevor er verschwunden ist", forderte der lispelnde Mann und griff nach Gustavs Schulter.

Gustav hob seinen Kopf, sein blondes Haar fing durch die Frühlingssonne an, zu funkeln. Vom Licht geblendet nahm er eine Hand als Sonnenschutz, um die besagte Person auf der anderen Straßenseite besser zu sehen. Nach einem kurzen Hin und Her der Augen hatte er die beschriebene Person erblickt. Diese war gerade dabei, auf die 45. Street abzubiegen.

„Ich habe ihn noch nie gesehen", antwortete Gustav, als er sein Handy in die Hand nahm. „Ich gebe schnell die Daten in die App ein. Eventuell wissen wir dann mehr", murmelte Gustav, als er anfing, auf seinem Handy zu tippen. Nach einer kurzen Weile ertönte ein Piepton aus dem Handy. Gebannt blickte er aufs Display. „Es sind in der Datenbank keine weiteren Informationen zu finden."

„Garantiert ist der in die Sache involviert. Noch ist er nicht weit weg. Er ist eben erst abgebogen", lispelte sein Kollege aufgebracht.

„Lass es gut sein. Wir wissen noch nicht genug. Wenn wir etwas falsch machen, dann gefährden wir den Auftrag", antwortete Gustav gelassen und steckte das Handy zurück in seine Hosentasche. Er stand auf, richtete seinen dunkelgrünen Pullover, klopfte etwas Dreck von seiner Jeans und begab sich ins Innere des Cafés.

Kurze Zeit später trat er wieder hinaus. Sein Kollege hatte inzwischen den Wagen geholt und zeigte mit der Hand auf die Ampel. „Komm schon. Es kann jederzeit grün werden", hallte es vom Fahrersitz auf die Straße.

Gustav beeilte sich und rannte zügig zur Beifahrertür. Er konnte die Tür gerade schließen, da quietschten schon die Reifen. Der schnelle Start machte das Anlegen des Gurtes nicht gerade einfacher.

„Unser Informant hat doch gesagt, dass sich Bernstein mit einem Investor der Weissmann Bank trifft. Das Profil passt aber nicht auf die Person", lispelte sein Kollege, während er die Kurve nahm, um dann die Geschwindigkeit des Autos zu verringern.

„Bisher lag unser Informant immer richtig. Immerhin geht es hier um große Summen", antwortete Gustav, während er nachdenklich aus dem Fenster blickte. Dann drehte er sich hinüber zu seinem Kollegen. „Wir sollten diese Information in der Zentrale erneut besprechen. Eventuell fällt uns dort etwas ein."

KAPITEL 5

In der Wohnung angekommen hängte James sein Sakko auf den Kleiderständer und ging rasch ins Arbeitszimmer, um sein Notebook zu starten. Während der Computer hochfuhr, legte er sein Ticket neben den Computer, bevor er das neu erworbene Buch aus seiner Verpackung nahm und auf den Couchtisch im Wohnzimmer legte. Später würde er sicherlich Zeit finden, um sich dem neuesten Werk seiner Sammlung zu widmen.

James tippte gerade sein Passwort in die Benutzeroberfläche ein, als sein Handy klingelte. Nach einem kurzen Blick aufs Display nahm er den Anruf mit seiner Rechten entgegen, während er mit der linken Hand langsam das Passwort ins Notebook eingab.

„Hallo, John, ich hätte dich auch gleich angerufen, um die letzten Punkte mit dir für den Auftrag zu klären", meinte James, als er Enter drückte.

„Das trifft sich gut, ich wollte dich sowieso noch etwas fragen", antwortete John.

„Anhand deiner Unterlagen scheint es kein Problem mit der Lieferung in die USA zu geben. Auch der Transport innerhalb des Landes sollte reibungslos verlaufen, nur die Zielorte in den USA sind noch nicht geklärt", erläuterte James, nachdem er ein Dokument auf dem Desktop geöffnet hatte.

„Das ist auch meine Frage", antwortete John. „Hast du dir darüber schon Gedanken gemacht?"

„Ich setze mich später hin und suche mir geeignete Lokalitäten aus. Ich werde dir alles Weitere per E-Mail zukommen lassen", antwortete James, als er das Textdokument schloss.

„Ich halte dich mit weiteren Einzelheiten wie gehabt auf dem Laufenden", erklärte John.

„Wir bleiben in Kontakt", sagte James und beendete das Telefonat. Noch während er das Handy auf den Tisch legte, blickte er wehmütig auf die letzten Sonnenstrahlen, die auf den Asphalt prallten. Nicht mehr lange und die Sonne würde sich hinter den ganzen Stahlkolossen verschanzen, um sich dann nur einige Zeit später eine wohlverdiente Ruhepause zu gönnen.

Er klappte sein Notebook zusammen und begab sich ins Wohnzimmer, um sich seinem neuen Buch zu widmen. Er streichelte mit einer Hand den Buchrücken. Alles war noch wie neu. Dann schlug er das Buch mittig auf und inspizierte die Seiten. Mehrfach blätterte er durch das Exemplar, um nach Gebrauchsspuren Ausschau zu halten, aber er wurde nicht fündig. Jimmy hatte in der Tat nicht zu viel versprochen. Nun überlegte er, welche Stadt er als Erstes nachschlagen sollte. Nach einer kurzen Zeit des Grübelns entschied er sich für seine Heimatstadt New York. Im Handumdrehen hatte er alle erdenklichen Informationen dieser Stadt vor sich liegen.

Dieses Buch kam wie gerufen, dachte er, als ihm bewusst wurde, dass er noch die Lokalitäten für John ausfindig machen musste. Den restlichen Abend blätterte James inspirativ die Seiten durch, gepackt von seiner neuen Errungenschaft und der Möglichkeit, sofortigen Nutzen aus diesem Buch zu ziehen.

KAPITEL 6

Der Alarm riss James pünktlich um 8:00 Uhr aus dem Schlaf. Mit schweren Schritten machte er sich auf den Weg zum Bad. In der Küche schaltete er noch schnell die Kaffeemaschine ein. Nach einer wohltuenden Reinigung nahm er im Bademantel seinen Kaffee in die Hand und ging hinüber zum Radio, um sich über die Geschehnisse des Tages zu informieren.

„Heute findet das Treffen der Vereinten Nationen in New York statt. Regierungschefs aus aller Welt werden sich im Zentrum der Metropole aufhalten, um über schwerwiegende Probleme zu debattieren. Bitte planen Sie mehr Zeit ein, da mit Verkehrsbehinderungen zu rechnen ist. Ich wünsche Ihnen noch einen schönen Tag. Und nun die Wettervorhersage für den heutigen Tag", vermeldete der Nachrichtensprecher und übergab das Wort.

„Es wird heute den ganzen Tag sonnig sein, mit keinen Anzeichen von Wolken. Wir werden im Verlauf des Tages eine Höchsttemperatur von 22°C erreichen. Ich wünsche Ihnen noch einen schönen Tag und übergebe damit zurück zu Rick."

Ich hätte wohl das Taxi früher bestellen sollen, dachte James, als er die Ansage vom Radiosprecher hörte. Seit Langem hatte er endlich Urlaub, und schon wieder wurde er durch zeitliche Verpflichtungen getrieben. Er nahm den letzten Schluck Kaffee zu sich und ging zur Garderobe.

James war gerade dabei, sein Sakko anzuziehen, da klingelte bereits sein Handy. Es war die Benachrichtigung der Taxizentrale: Das Taxi stehe jetzt vor seiner Tür bereit. Ein letztes Mal klopfte er seine Taschen ab. Pass in der linken Sakkotasche, Ticket in der rechte Tasche, Schlüssel in der linken Hosentasche, Handy in der rechten Seitentasche des Sakkos und das Portemonnaie in seiner rechten Hosentasche. In Windeseile verließ James die Wohnung. Auf den Lift konnte er jetzt nicht warten und eilte die Treppenstufen hinunter. Dann preschte er durch die Eingangstür auf den Bürgersteig, wo das Taxi wartete.

„Guten Tag. Sind Sie Herr Offenbach?", fragte der Taxifahrer durch das Beifahrerfenster.

James nickte zustimmend und stieg ein.

„Hat sich bei der Adresse etwas geändert?", fragte der Fahrer, als er den Gang einlegte.

„Alles wie gehabt", antwortete James, während das Taxi losfuhr. „Ich habe gerade im Radio gehört, dass das Verkehrsaufkommen in der Gegend heute erheblich beeinträchtigt sein wird", merkte James an, als er erneut in sein Sakko griff, um sich zu vergewissern, dass er alles Nötige dabei hatte.

„Ich habe heute schon einige Touren gedreht. Kurz vorm Plaza wird der Verkehr umgeleitet. Ich lasse Sie an der besten Stelle raus. Von da sind es nur noch fünf Minuten zu Fuß, so sparen Sie sogar noch Zeit", erklärte der Taxifahrer und widmete sich wieder verschärft dem Verkehr.

„Danke", antwortete James und nahm sein Handy aus der Tasche. Wahrscheinlich hatte John in der Zwischenzeit auch schon geantwortet. Er verlor keine Zeit, um sein E-Mail-Postfach zu öffnen.

„Ich habe die Städte geprüft. Los Angeles, Chicago und New York haben alle Kapazitäten", stand in der E-Mail von John geschrieben.

James war zufrieden über die Nachricht. Der neue Band kam wie gerufen. Ohne ihn hätte er sich wohl nicht so schnell entscheiden können. James legte das Handy quer auf seinen Schoß und bestätigte die E-Mail mit schnellen Handbewegungen auf dem Display, bevor er das Telefon in die Innentasche seines Sakkos gleiten ließ. Einen kurzen Blick nach draußen war alles, was er noch von der Tour mitbekam.

„Hier sind wir", sagte der Taxifahrer, als er sich nach hinten drehte. „Von hier sind Sie schneller zu Fuß."

„Danke fürs Fahren", antwortete James und kramte einige zerknitterte Scheine aus seinem Portemonnaie. „Stimmt so", sagte er zum Taxifahrer, als dieser ihn mit großen Augen anblickte.

James kannte die Stelle. Ab hier musste er nur noch ein kurzes Stück am Central Park entlanggehen und dann links abbiegen. Es dauerte nicht lange, bis er das Plaza-Hotel auf der anderen Straßenseite sah. Die Ampel hatte schon länger eine Grünphase gehabt. Aber James war sich sicher, dass es für ihn reichte. Es waren nur noch zwei kurze Schritte, da hörte er eine Stimme von rechts brüllen: „Aus dem Weg." Mitten im Sprung versuchte er, im Augenwinkel die Stimme zuzuordnen, da erwischte ihn auch schon etwas am Bein. Zum Glück hatte er genug Geschwindigkeit, sodass er nicht auf der Straße, sondern auf dem Bürgersteig landete. Leider konnte er seine Flugbahn nicht beeinflussen, weshalb er unkontrolliert gegen die Mülltonne prallte. Instinktiv hielt er eine Hand vors Gesicht und mit der anderen federte er den Aufprall ab, um das Schlimmste zu verhindern. Einen Bruchteil später raffte er sich langsam hoch. Ohne Pause fuhr der Verkehr an ihm vorbei. Als er sich nach links drehte, sah er dort einen Radfahrer am Boden liegen. Sein Rad war hinter der Mülltonne gelandet, aber es machte wie sein Fahrer einen unversehrten Eindruck. Als der Radfahrer James bemerkte, stützte er sich mit einer Hand vom Boden ab und stand auf.

„Geht es Ihnen gut?", fragte dieser, als er zu James hinüberging. Nach einem tiefen Atemzug antwortete dieser: „Ist noch alles dran."

„Das war eine knappe Sache. Der Lkw hat die Sicht verdeckt. Wären Sie auch nur eine Sekunde später gekommen, dann hätte ich nicht mehr bremsen können", meinte der Radfahrer, als er sein Fahrrad aufhob.

„Entschuldigen Sie, aber ich muss weiter", drängte James und blickte hinüber zum Plaza.

„Machen Sie nur", antwortete der andere, als er auf sein Fahrrad stieg und lostrat.

James erhöhte sein Schritttempo. In der Ferne konnte er bereits die Polizei an einer Straßensperre sehen.

„Ist etwas vorgefallen?", fragte James, als er an die Straßensperre herantrat.

„Reine Vorsichtsmaßnahme. Ab hier dürfen nur noch Passanten weiter", erwiderte der Polizist.

„Ich habe eine Einladung für die Vereinten Nationen. Können Sie mir sagen, wo der Eingang ist?"

„Wenn Sie dort beim Streifenwagen links abbiegen, können Sie den Eingang nicht verfehlen", antwortete der Polizist.

James bedankte sich und folgte der Beschreibung. Als er nach einigen Schritten beim Streifenwagen ankam, drehte er sich um. Die Polizei hatte den gesamten Block sowie das Grün vor dem Plaza-Hotel abgesperrt. Die sonst so lebhafte Gegend war zu einer Geisterstadt verkommen. Dann begab er sich zum Eingang. Unzählige Personen standen dort zwischen zwei Barrikaden eingesperrt und warteten auf den Moment, in dem sie ins Innere geschleust wurden.

James machte sich auf den Weg und reihte sich in die anonyme Masse ein. In der Zwischenzeit verarbeitete er den Unfall mit dem Fahrradfahrer. Erst jetzt, da er das Adrenalin abbaute, kam der Schock. Er hatte Glück gehabt. Anscheinend sehr viel Glück. Andere Menschen hätten sich jetzt auf dem Weg ins Krankenhaus befunden. Zudem verspürte er nicht einmal den Hauch von Schmerzen.

„Bitte zeigen Sie mir das Ticket und den Ausweis", ertönte eine Stimme von der Seite. James hatte nicht bemerkt, dass er mittlerweile an der Reihe war. Zu sehr war er mit den Gedanken an den Unfall beschäftigt.

„Sofort", antwortete James und holte seinen Reisepass hervor. Jetzt ging er mit der linken Hand ins Sakko, um das Ticket zu holen, aber seine Hand griff ins Leere. Erneut versuchte er, das Stück Papier zu greifen, aber wieder ohne Erfolg. Verwundert öffnete er sein Sakko mit beiden Händen, um einen Blick ins Innere zu werfen. Weder in der rechten noch in der linken Innentasche war ein Ticket zu sehen. Verwundert ließ er das Sakko los.

„Stimmt etwas nicht?", fragte der Sicherheitsbeamte, während dieser den Pass begutachtete.

„Eine Sekunde", antwortete James und prüfte jede Tasche am Leib. Aber auch diesmal konnte er kein Ticket finden. Nervös blickte James den Sicherheitsmann an. „Anscheinend habe ich mein Ticket verloren", erklärte James. „Komme ich auch so hinein?", fragte er.

„Wir haben strikte Anweisungen. Ohne Ausweis und Ticket dürfen wir keinen hineinlassen", schallte es in James' Ohr.

James zögerte kurz, machte dann aber einen Schritt zur Seite.. Nach einem kurzen Zögern schob er seine Hand ins Sakko und holte sein Handy hervor, um Arthurs Nummer zu suchen. Nervös lauschte James dem Klingeln des Mobiltelefons, bevor Arthur endlich abnahm.

„Bist du schon angekommen?", fragte dieser. James schirmte das Handy von der Geräuschkulisse ab, um Arthur besser zu verstehen.

„Ich habe ein Problem", sagte James und blickte auf sein Sakko. „Ich habe mein Ticket verloren."

„Nicht gut. Ohne Ticket kommst du nicht rein", antwortete Arthur salopp. Dann war es still. „Warte kurz. Ich sehe mal, was ich machen kann."

James hörte ein Rauschen durch das Handy. Kurze Zeit später vernahm er Schritte, dann mehrere Stimmen.

„Bist du noch da?", fragte Arthur.

„Ja", erwiderte James hastig.

„Ich habe mit dem Sicherheitschef gesprochen. Es gibt eine Möglichkeit, dich über den Hintereingang ins Gebäude zu holen. Du musst nur ums Gebäude gehen, dann bist du schon da", erklärte Arthur.

„Bis gleich", antwortete James und legte auf.

Auch am Hintereingang standen zwei Sicherheitsbeamte. James schaffte es gerade noch rechtzeitig, den prüfenden Blicken der Sicherheitsbeamten durch eine Drehung auszuweichen. Als er die Straße ansah, klingelte sein Handy.

„Wo bist du? Ich bin vorm Hintereingang. Hier sind aber auch zwei Wachleute", flüsterte James ins Telefon.

„Mach dir keine Sorgen. Ich kenne die beiden", antwortete Arthur. Als Arthur das letzte Wort ausgesprochen hatte, öffneten sich die Doppeltüren knirschend und er trat mit seinem Mobiltelefon in der Hand heraus.

„Guten Tag, Mike. Hi, Robert. Wie geht es euch? Haltet ihr hier tapfer die Stellung?", fragte Arthur, als er zu den beiden Sicherheitsleuten ging.

Die zwei Sicherheitsmänner brauchten etwas Zeit, bis sie ihre massiven Körper umgedreht hatten. In der Zwischenzeit winkte Arthur James zu sich hinüber. James wartete ab, bis sich die zwei vollständig umgedreht hatten, dann ging er leise hinüber.

„Was für eine Überraschung, dich hier zu sehen", meinte Mike, als er Arthur erblickte. Robert hingegen schaffte es nur, ein nickendes Grinsen von sich zu geben.

„Klein ist die Welt", meinte Arthur, als er einen Meter vor den beiden hielt.

„Du sagst es. Was treibt dich hierher?", fragte Mike, als er seine Hand ausstreckte.

„Das Gleiche wie dich. Die verdammte Arbeit", antwortete Arthur und schüttelte die Hand.

„Guten Tag", grüßte James, als er sich neben Arthur stellte.

„Hier ist dein Ticket", sagte Arthur und reichte es ihm. Es stand aber nicht sein Name drauf. „Diesmal aber nicht verlieren."

„Passiert den besten", meinte Mike, während er sich ein Grinsen zu verkneifen versuchte.

„Wir müssen dann mal", erklärte Arthur und ging zur Tür.

„Machs gut", antwortete Mike und drehte sich zur Straße hin. Ohne etwas zu sagen, machte es ihm Robert nach.

„Wie hast du es geschafft, das Ticket zu verlieren?", fragte Arthur, als er mit James durch die Doppeltür trat. „Wenn der Sicherheitchef nicht zur Stelle gewesen wäre, hätte ich dich nicht reinbekommen."

„Im Taxi hatte ich noch alles", antwortete James und blickte auf die Tasche im Sakko, wo er sein Ticket das letzte Mal vermutet hatte. „Ich muss wohl das Ticket bei der Kollision mit dem Fahrradfahrer verloren haben."

„Wie wurdest du denn in einen Fahrradunfall verwickelt?", fragte Arthur, während er James' betrachtete.

„Ich habe die Ampelphasen beim Überqueren der Straße über-
schätzt. Ein Lkw hatte die Sicht auf die letzten Meter für einen Fahrradfahrer verdeckt und somit konnte der nicht mehr rechtzeitig bremsen",
erklärte James und zuckte kurz mit den Schultern. „Aber wie du siehst,
ist noch alles an mir dran."

„Zum Glück bin ich hier gut vernetzt", erwiderte Arthur.

„Ist Kayan auch schon hier?", fragte James, während er mit Arthur
auf den Fahrstuhl zuging.

Sie hatten Glück, es stiegen gerade einige Bedienstete aus und begaben sich zum Ausgang. Arthur schob seine Karte in den Schlitz und
drückte auf die Fünf.

„Mittlerweile sind alle Regierungschefs anwesend. Die meisten versuchen, vor der Generalversammlung noch wichtige Themen zu klären. Später bleibt meistens nicht mehr viel Zeit", erklärte Arthur, als er
mit James in den fünften Stock fuhr.

Die Fahrt dauerte nicht lange, und als der Fahrstuhl hielt, schoss
Arthur durch die Tür, den rechten Korridor entlang. James ließ nicht
lange auf sich warten und folgte Arthur. Als sie rechts abbogen, erblick-
ten sie drei schwarz gekleidete Männer mit Kopfhörern im rechten Ohr.
Sie warfen einen kurzen Blick auf die beiden, ließen aber schnell wieder
ab. Nach einem erneuten Abbiegen konnte James eine rot-grün-gelbe
Flagge erkennen. Es war die Flagge Kameruns. Zwei Sicherheitsbeamte
standen an der Tür Wache.

„Ist da vorne Kayans Raum?", fragte James, als sie zehn Schritte entfernt waren.

„Genau", erwiderte Arthur, als er auf seine Uhr sah. „Momentan
trifft er sich mit einigen Politikern, aber wir gehen schon mal hinein",
schlug Arthur vor, als er den beiden Sicherheitsbeamten vor der Tür
seinen Ausweis zeigte. Der Sicherheitsmann öffnete anschließend die
Tür und ließ die beiden eintreten.

Ein Kronleuchter hing mittig von der Decke des Raumes und die Möbel waren alle mit Goldfarbe verziert. Der Boden war mit Holzdielen ausgelegt und unter dem Kronleuchter befand sich ein in blauer und goldener Farbe gehaltener Teppich.

„Mach es dir gemütlich. Snacks und Getränke sind reichlich vorhanden", bot Arthur an und zeigte auf eine Bar auf der linken Seite des Eingangs. „Ich muss noch schnell etwas erledigen", fügte er hinzu, als er zurück zur Tür ging.

„Ich esse in der Zwischenzeit etwas", meinte James nur und eilte hinüber zu den Köstlichkeiten.

KAPITEL 7

Gustav war fast am Ende der Straße angekommen. Er musste nur noch auf die andere Straßenseite und dann in den Central Park einbiegen. Einige Meter weiter entfernt sah er auch schon seinen Kollegen stehen.

„Ich habe alles gesehen. Mein Gott, hat es den Kerl umgehauen", lispelte sein Kollege.

Gustav musste sich erst mal setzen. Zu schnell war er gerannt. Während er sich auf den Boden fallen ließ, fasste er sich ans Knie. „Hätte ich das gewusst, dann wäre ich heute in Jogginghose gekommen", erklärte er.

„Hast du das Stück Papier?", hakte Mat ungeduldig nach.

„Zum Glück hing es an der Mülltonne fest", antwortete Gustav und holte aus seiner Hosentasche ein zerknülltes blaues Stück Papier. Mat schnappte sofort zu und untersuchte das Ticket.

„Der Kerl heißt James Offenbach. Kenne ich nicht", meinte er.

„Ich habe auch noch nie etwas von ihm gehört. Aber den Eindruck eines Bankers macht er auf mich nicht", wandte Gustav ein, während er auf sein Knie sah.

„Hast du eigentlich mitbekommen, dass beim Plaza eine Bombendrohung eingegangen ist?", fragte sein Kollege.

„Woher denn? Ich bin doch gerade wie besengt gelaufen", erwiderte Gustav. „Was ist denn genau passiert?"

„Ich habe die Nachricht gerade im Polizeifunk gehört. Irgendwelche durchgeknallten Globalisierungsgegner wollen das Treffen der Vereinten Nationen verhindern", lispelte sein Kollege.

„Das macht unsere Arbeit nicht gerade einfacher", betonte Gustav.

„Wem sagst du das?", stöhnte Mat und übergab seinem Kollegen das Ticket, das dieser neben sich auf den Boden legte. Er zog die Jeans bis zum Knie hoch, um den Schmerz genau zu lokalisieren.

„Ich habe beim Laufen mein Knie verdreht", erklärte Gustav, als er den Bluterguss erblickte. Es war eine alte Sportverletzung, die sich erneut bemerkbar machte.

„Wenn du etwas zum Kühlen brauchst, ich habe etwas im Auto", schlug sein Kollege vor, zeigte auf seinen Ford außerhalb des Central Parks und ergänzte lispelnd: „Ich gehe schon mal hinüber, um einen Check von diesem Kerl zu machen."

Gustav ließ die Jeans hinunter und richtete sich langsam auf. Ohne sein schnelles Handeln hätten sie wohl nicht das Ticket bekommen, aber dafür würde er in der nächsten Zeit auch nicht mehr joggen können. *Verdammt*, dachte er, als er zum Ford humpelte. Nach einer gefühlten Ewigkeit sah er, wie sein Kollege sich mit dem Tablet beschäftigte. Gustav humpelte zum Kofferraum. Er wühlte sich dort durch die Sporttasche von Mat. Er nahm das Kühlpad und knickte es, dann begab er sich zur Beifahrerseite.

„Konntest du etwas über die Person herausfinden?", fragte Gustav, während er sich das Kühlpad aufs Knie drückte.

„Ich bekomme gerade eine Auswertung. Offenbach ist anscheinend bei Boeing angestellt. Ansonsten steht hier nichts weiter. Vorbestraft ist er jedenfalls nicht", lispelte sein Kollege und übergab das Tablet an Gustav.

„Die Angelegenheit passt nicht zusammen. Beim letzten Treffen sollte Bernstein mit einem Kapitalgeber der Weissmann Bank sprechen, um über einen Kredit zu verhandeln", überlegte Gustav.

„Vielleicht hat unser Informant die Personen vertauscht", mutmaßte sein Kollege.

„Oder vielleicht wurde das Treffen schon früher durchgeführt und die beiden haben etwas ganz anderes besprochen", vermutete Gustav.

„Wir beschatten Bernstein seit einem Monat. In dieser Zeit hat er sich nicht einmal privat mit jemandem getroffen und ausgerechnet in diesem Moment soll er sich mit irgendwem von Boeing treffen?", fragte sein Kollege.

„Einer, der bei Boeing arbeitet, wird wohl nicht im Bankgeschäft tätig sein", antwortete Gustav und drückte sich das Kühlpad fester aufs Knie. Der Schmerz stand ihm jetzt ins Gesicht geschrieben. „Vielleicht sind die Kredite schon durch", mutmaßte er.

„Wenn du recht hast und die Kreditgespräche für Kamerun schon durch sind, dann stehen wir informationstechnisch im Abseits", lispelte sein Kollege.

„Möglich ist alles. Die Hauptfrage ist sowieso, ob es sich beim finanziellen Kredit um Schwarzgeld handelt. Immerhin hat die Weissmann Bank gute Verbindungen zum organisierten Verbrechen", meinte Gustav.

„Bisher konnten wir denen nichts nachweisen. Ich hoffe, dass wir diesmal Erfolg haben, aber wenn es so weitergeht, dann ist wieder alles für die Katz", brummte sein Kollege und haute auf den Lenker. „Immer diese Scheißvorgaben. Können wir die nicht einfach festnehmen?", posaunte es aus ihm heraus.

„Wir müssen Ruhe bewahren. Alles andere hilft nicht", antwortete Gustav.

„Schon klar", zischelte sein Kollege und atmete tief durch, während er sich mit beiden Händen am Lenkrad festkrallte.

„Ich bin mir sicher, dass die Kreditvergabe abgeschlossen ist. Ich würde nur gerne wissen, was Offenbach damit zu tun hat", überlegte Gustav.

„Eine gute Frage", bestätigte sein Kollege, als er sich beruhigt hatte. „Wir werden die Säcke schon kriegen. Die haben uns lange genug auf der Nase rumgetanzt."

„Hinweise allein reichen nicht. Wir benötigen deutliche Indizien, dass hier kriminelle Machenschaften im Gange sind", erwiderte Gustav. „Wir sollten zuerst zurück in die Zentrale fahren. Vielleicht konnte die IT in der Zwischenzeit etwas in Erfahrung bringen", schlug er vor, als er das Kühlpad vom Knie nahm.

Sein Kollege nickte zustimmend und griff zum Zündschlüssel.

KAPITEL 8

Mittlerweile waren dreißig Minuten vergangen, seit Arthur den Raum verlassen hatte. Das Warten hatte James hungrig gemacht, weshalb er anfing, die Snackbar zu plündern. Er platzierte alle Köstlichkeiten fein säuberlich auf seinem Teller und ging dann hinüber zum Fenster, um die Geschehnisse auf der Straße zu verfolgen.

Er war gerade dabei, sich an den Köstlichkeiten auf seinem Teller zu vergehen, als die Tür zum Zimmer aufsprang.

„Ich habe dir noch gesagt, dass du nicht überstürzt handeln sollst. Du musst diplomatischer an die Sache rangehen. Der Generalsekretär der Vereinten Nationen kann nicht allein über so etwas entscheiden", sprach Arthur, während er durch die Tür schritt.

„Ich weiß deine Ratschläge zu schätzen, aber wir können nicht länger warten. Wenn wir heute keine Entscheidung erzielen, wird das erhebliche Konsequenzen nach sich ziehen", warf Kayan ein, als er hinter Arthur den Raum betrat. Ihm folgten zwei schwarz gekleidete Sicherheitsbeamte und einige Delegierte. Unter dem Kronleuchter stehend drehte sich Kayan um und erklärte, dass er jetzt allein sein wolle. Die Delegierten verließen daraufhin das Zimmer, nur die Sicherheitsmänner starrten ihn weiter an.

„Ich habe ein wichtiges Gespräch mit den zwei Herrschaften zu führen. Unter sechs Augen", betonte er.

Verdutzt blickten sie Kayan an, bis sie sich schließlich langsam zurückzogen.

„Ich kann es kaum glauben, dass ich dich hier treffe", sagte Kayan und ging auf James zu.

„Ganz meinerseits", freute sich James. Am Fenster fielen sich beide in die Arme. Arthur stand einige Schritte entfernt an der Tür und beobachtete das Geschehen.

„Wie lange ist es her?", fragte Kayan, als er einen Schritt zurücktrat.

„Acht Jahre, wenn ich mich nicht irre", antwortete James.

„So lange also. Immer wieder die verdammte Arbeit. Da bleibt keine Zeit für anderes", beschwerte sich Kayan, als er sich zu James setzte.

„Du musst dich nicht rechtfertigen. Ich würde um alles auf der Welt nicht mit dir tauschen wollen", betonte James.

Kayan wollte gerade etwas erwidern, als Arthur ihm ins Wort fiel: „Ein wichtiger Punkt, den du nicht angesprochen hast, ist, dass du nicht einmal allein aufs Klo gehen kannst, ohne dich bei den Sicherheitsmännern vorher abzumelden."

„Zum Glück ist es bisher nicht so gekommen. Ich weiß, wie ich mir meine Freiräume schaffe", erwiderte Kayan.

„Erfahrung nehme ich an", meinte James.

„Stimmt", sagte Kayan, während er den Stuhl zurechtrückte, um seine Beine auszustrecken.

Arthur begab sich in der Zwischenzeit zur Snackbar, während sich Kayan James zuwandte.

„Arthur hat dir garantiert erzählt, dass wir schon etwas länger in Verbindung stehen", fuhr Kayan fort.

„Er hat mir erzählt, dass ihr beide euch schon länger damit beschäftigt habt, Kredite für Kamerun zu besorgen", antwortete James.

„Stimmt, meine Nation steckt in Schwierigkeiten und benötigt dringend Geld, um zahlungsfähig zu bleiben", bestätigte Kayan und schlug seine Beine übereinander.

„Wie kritisch ist die Lage?", fragte James. Kayan sammelte kurz seine Gedanken und blickte hinüber zu Arthur.

„Ohne den Milliardenkredit wären wir ab Montag in einer Woche zahlungsunfähig. Wir haben schon seit längerer Zeit unzählige Verpflichtungen aufgeschoben. Ein weiterer Aufschub ist nicht möglich", flüsterte Kayan.

„Wie ist es überhaupt zu der prekären Lage gekommen?", fragte James.

„Die Unruhen zwischen den Französisch und Englisch sprechenden Regionen haben vor fünf Jahren den damaligen Präsidenten dazu bewegt, Sozialreformen auf den Weg zu bringen. Die Maßnahmen haben auch gewirkt, leider waren diese aber mit erheblichen Kosten verbunden. Vor zwei Jahren ist es erneut zu Unruhen gekommen, die wir bis heute versuchen zu schlichten. Leider ist das Vertrauen der Kreditgeber wegen der erhöhten Staatsverschuldung nicht mehr ausreichend", berichtete Kayan. Die ganze Zeit blinzelte er nicht einmal.

„Habt ihr alles probiert?", fragte James.

„Wir sind in engem Kontakt mit dem IWF, der Weltbank, den Vereinten Nationen und einigen Großbanken. Aber aus politischen Gründen will uns keiner Gelder bewilligen. Wir sind zu diesem jetzigen Zeitpunkt nicht systemrelevant", antwortete Kayan frustriert.

„Leider ist das Problem recht kompliziert", ergänzte Arthur, während er einen Stuhl neben Kayan stellte und Platz nahm.

„Die finanzielle Unterstützung der einzelnen Organisationen würde zur Folge haben, dass wir die Sozialleistungen im Land erheblich reduzieren müssten, was absolut nachvollziehbar ist, da unsere Ausgaben auf Dauer nicht zu stemmen sind", fuhr Kayan fort. „Leider ist der Zeitpunkt alles andere als passend. Wir müssen erst mal die Unruhen überbrücken, damit wir die Situation schlichten können. Momentan geht es darum, einen Bürgerkrieg zu verhindern."

„Das hört sich nach einem richtigen Dilemma an", entgegnete James.

„Die Problematik hat sich über die Jahre verschärft und jetzt will keine Partei nachgeben. Vor zwei Monaten haben wir es geschafft, eine Kompromisslösung auszuarbeiten, aber uns fehlt halt noch etwas Zeit, um eine Abstimmung zu erreichen", fuhr Kayan fort.

„Uns will momentan einfach keiner Geld geben", ergänzte Arthur, als Kayan pausierte.

„Die letzte Möglichkeit, die wir besitzen, ist, das Problem bei der Generalversammlung anzusprechen, um auf unser Dilemma hinzuweisen. Vielleicht können wir so eine Lösung herbeiführen", erklärte Arthur und griff nach einigen Oliven.

„Heute bleibt uns nichts anderes übrig, als das Problem in der Generalversammlung öffentlich zu machen", bekräftigte Kayan, als er die Lehne fest umgriff.

„Vielleicht schaffen wir es, die USA zu einer finanziellen Spritze zu bewegen", meinte Arthur, während er erneut zum Teller griff, um sich weitere Häppchen zu holen.

„Glaubt ihr wirklich, dass die USA euch unterstützen?", fragte James und blickte abwechselnd Arthur und Kayan an.

„Wir besitzen etwas, was die USA erheblich interessiert", erwiderte Kayan.

„Was meinst du damit?", fragte James.

„Wir besitzen Nuklearsprengsätze", erklärte Kayan.

„Seit wann besitzt Kamerun nukleare Sprengsätze?", forschte James nach.

„Die Waffen stammen noch aus Sowjetzeiten", antwortete Kayan trocken. „Während des Zerfalls der Sowjetunion wollten einige Personen noch einen Profit machen, dabei wurde so einiges verkauft, so auch einige Nuklearsprengsätze. Dem damaligen Präsidenten wurde angeboten, Nuklearsprengsätze von einer sozialistischen afrikanischen Nation zu erwerben, worauf Kamerun nicht lange fackelte und zugriff."

„Du willst mir erzählen, dass der ehemalige Präsident Kameruns damals auf dem Schwarzmarkt Sprengsätze gekauft hat?", fragte James.

„Stimmt genau", erwiderte Kayan.

„Der Hauptgrund war, dass während des Zerfalls der Sowjetunion eine große Unsicherheit herrschte. Man wollte für alle Individualitäten gerüstet sein."

„Und ihr habt die dann für die nächsten dreißig Jahre versteckt?", fragte James.

„Als die Regierung die Bomben damals gekauft hat, war alles im Umbruch. Als sich herausgestellt hat, dass der Zerfall der Sowjetunion nicht aufzuhalten und der letzte Putschversuch der alten Garde gescheitert war, hat man kurz abgewartet, um nicht unnötige Probleme zu verursachen. Die kommunistischen afrikanischen Länder haben sich auf nationaler Ebene umstrukturiert", erklärte Kayan und blickte aus dem Fenster, als er dort ein Polizeiaufgebot erblickte.

„Sollte es publik werden, dass Kamerun Nuklearsprengsätze hat, könnte dies zu erheblichen Protesten führen und jegliche Unterstützung ist hinfällig", ergänzte Arthur in einem ernsten Ton.

„Deshalb haben wir dieses Thema so lange geheim gehalten."

„Vor zehn Jahren hat sich die ehemalige Regierung überlegt, die Bomben zu demontieren. Nur leider verfügt das Land nicht über die nötige Expertise, weshalb der Entschluss getroffen wurde, die Sprengsätze loszuwerden", führte Arthur weiter aus und blickte dabei James an.

„Also wollt ihr sie zu Geld machen?", fragte James.

„Genau, wir wollen die Sprengsätze an die USA verkaufen", bestätigte Kayan, als er sich vom Fenster abgewandt hatte, um seine gesamte Aufmerksamkeit auf die Unterhaltung zu richten.

„Habt ihr euch genau überlegt, was ihr da tut?", fragte James.

„Es gibt nicht viele Länder, die sich mit Nuklearsprengsätzen auskennen. Abgesehen davon sollen diese sowieso demontiert werden", antwortete Kayan.

„Leider sind die Verhandlungen nicht wie erhofft verlaufen", ergänzte Arthur.

„Als wir mit den USA Gespräche geführt haben, wurde uns vorgeworfen, dass es nach internationalen Konventionen für Kamerun verboten ist, Nuklearwaffen zu besitzen", erklärte Kayan.

„Sie haben erst erwartet, dass wir ihnen die Waffen ohne Weiteres übergeben und für alles Dazugehörige aufkommen", fuhr Arthur fort.

„Und was habt ihr gemacht?", fragte James.

„Wir haben ihnen gesagt, dass es noch andere Interessenten gibt", kam von Kayan. „Natürlich war diese Aussage gelogen, aber das wussten die doch nicht."

„Und mit diesem Trick habt ihr die USA geködert?", fragte James.

„Die USA hat zwar nach der Identität des Käufers gedrängt, aber wir sind nicht weiter auf die Sache eingegangen und somit war das Thema vom Tisch", erwiderte Arthur. „Viel wichtiger war die Forderung der USA, dass ein Team von Spezialisten die Sprengsätze begutachten muss."

„Ihr habt also ein Team von US-amerikanischen Waffenexperten ins Land gelassen?", fragte James.

„Die Bedingung für die wirtschaftliche Unterstützung war eine Untersuchung der Sprengsätze", bestätigte Kayan

„Wie im Vertrag vereinbart, haben wir schon zwei der insgesamt fünf Sprengsätze übersandt. Leider haben die sich bisher nicht an die Abmachung gehalten und uns die vertragliche Finanzunterstützung geliefert. Jetzt, da wir uns in dieser Krise befinden, fordern die sogar noch die anderen drei Sprengsätze, ansonsten drohen sie mit politischer Isolation", legte Arthur dar, während Kayan sich ein Glas Wasser holte. Mit hängenden Schultern setzte er sich zurück auf seinen Stuhl.

„Aber ihr habt doch einen Vertrag unterschrieben. Wie kann das angehen?", fragte James aufgebracht. „Die müssen doch zahlen."

„Stimmt schon, aber die halten sich einfach nicht an die Abmachung und uns rennt gerade die Zeit davon", erwiderte Arthur.

„Beim letzten Mal haben die den gesamten Transport sogar organisiert und bezahlt. Aber jetzt müssen wir alles selbst machen", ergänzte Arthur.

„Deshalb brauchen wir jemanden, der sich mit Waffentransporten auskennt", erklärte Kayan und blickte James zuversichtlich an.

„Wozu hat man denn Freunde?" James nickte. „Wo soll die Fracht hin?"

„Die Fracht muss nach Florida. Wir haben dafür eine Woche Zeit", erklärte Arthur bestimmt.

„Was genau ist der Haken an der Sache?", fragte James.

„Die finanziellen Mittel für den Transport sind begrenzt, aber irgendwie kriegen wir das Geld hierfür zusammen", meinte Arthur.

„Euch ist schon klar, dass ihr Nuklearsprengsätze über den Atlantik schiffen wollt? Dazu kommen noch ein paar Sicherheitsauflagen. Hier handelt es sich nicht um ein Weihnachtsgeschenk für die Großeltern", wandte James ein.

„Uns ist die Lage mehr als vertraut", erklärte Kayan. „Nicht umsonst ist Arthur dabei und versucht, Gelder aufzutreiben, damit uns das ganze Ding nicht um die Ohren fliegt."

„Ist schon gut", lenkte James ein.

„Danke, dass du dabei bist", freute sich Kayan

„Auf diesen Erfolg müssen wir anstoßen. Eine solch positive Nachricht habe ich seit Langem nicht mehr gehört."

Arthur war bereits auf dem Weg zur Theke, um aus dem Kühlschrank eine Flasche Moët Champagner zu holen. „Für so einen Anlass nur das Beste", erklärte Arthur, als er die Flasche öffnete.

James und Kayan gingen zu Arthur, um die Gläser in Empfang zu nehmen. Kayan gewährte James den Vortritt und folgte dann mit langsamen Schritten.

„Wir sollten diesen Moment genießen, es dauert nicht mehr lange bis zur Generalversammlung", schlug Arthur vor und stieß mit den beiden an. Kayan nahm nur einen kleinen Schluck und setzte sich schlagartig auf einen Hocker an der Theke. James bemerkte davon nur wenig, da sein Blick zu der Zeit auf Arthur gerichtet war.

„Stimmt etwas nicht mit dir?", fragte Arthur, als Kayan auf dem Hocker in sich zusammen sackte.

„Ich bin etwas erschöpft. Diese ganze Aufregung in der letzten Zeit hat mich schon etwas mitgenommen", antwortete Kayan.

„Kann ich dir irgendwie helfen?", erkundigte sich James, als er Kayan neben sich schwer atmend vernahm.

„Danke, aber es ist schon gut", antwortete Kayan mit leiser Stimme und stieg vom Hocker. „Ich lasse mir doch nicht einen solchen Moment von Müdigkeit versauen." Er nahm einen großen Schluck.

„James, wir fliegen morgen früh zurück nach Kamerun. Kannst du um 7:30 Uhr am Flughafen sein?", fragte Arthur.

„Sollte ich schaffen", antwortete James schnell.

„Die Maschine steht am JFK-Airport bereit. Wir treffen uns in Terminal 1", ergänzte Arthur.

„Ich treffe dich dort", bestätigte James.

„Natürlich bekommst du auch noch ein Ticket", informierte ihn Arthur, während er in seiner Aktentasche wühlte und dann eine Mappe hervorholte. Er schlug diese auf und entnahm daraus das Ticket, das er James übergab.

„Hervorragend", rief Kayan aus.

„Jetzt, da wir dieses Thema vom Tisch haben, liegt nur noch eine größere Gesprächsrunde und etwas Händeschütteln an."

„Die Generalversammlung findet ab 13:00 Uhr statt. Wir können uns in dreißig Minuten auf den Weg machen. Wir haben dann immer noch genug Zeit, den anstehenden Vortrag ein letztes Mal durchzusprechen", sagte Arthur, während er in seiner Mappe die Dokumente sortierte.

Zwar hatte James schon vor 6 Monaten mit Kayan über den Transport der Sprengsätze gesprochen. Aber die genauen Einzelheiten wollten sie erst zum Schluss besprechen. Kayan war der Meinung, dass es am besten sei, wenn nur wenige Leute von dem Vorhaben wüssten. James war klar, dass nur Kayan und er von der Transportplanung in vollem Umfang wussten. Aus Sicherheitsgründen wurde auch Arthur nicht weiter in das Geschehen involviert.

Er steckte das Ticket in seine Sakkotasche und ging zu Kayan, um sich zu verabschieden.

„James, danke noch mal, dass du gekommen bist", sagte Kayan, während sie sich die Hände gaben.

„Gutes Gelingen bei der Rede", wünschte James, als er sich zu Arthur wandte. Er reichte auch ihm die Hand und ging dann aus dem Zimmer.

Das gesamte Hotel war voll mit Delegierten, Sicherheitsbediensteten und hochrangingen Beamten. Es dauerte etwas, bis er sich an den vielen Menschen vorbeischieben konnte, aber schließlich erblickte er die

Sonne unter freiem Himmel. Als er sich einige Schritte vom Plaza entfernt hatte, nahm er sein Handy aus der Sakkotasche. Nach einigen kurzen Handbewegungen hatte er die gewünschte Nummer ausgewählt und ließ es klingeln.

„Was gibts?", ertönte eine tiefe Stimme.

„Tag, Eddi, bei mir ist alles in Ordnung. Hättest du gleich Zeit?", fragte James.

„Um was geht es denn?", fragte Eddi zurück.

„Es geht um einen Auftrag, den ich gerade erhalten habe. Ein internationaler Transport. Genaueres kann ich dir erst unter vier Augen sagen", flüsterte James am Telefon.

„Verstehe", sagte Eddi.

„Wir können uns um 13:00 Uhr im Langmuir treffen, die haben dort einen guten Mittagstisch."

„Verstehe", erwiderte James.

„Ich habe schon einen Mordshunger", sagte Eddi.

„Ich lasse die kulinarische Vorbereitung in deinen Händen", antwortete James und legte auf.

Er kannte das Restaurant. Es war nicht weit von seiner Wohnung entfernt. Als er die Polizeiabsperrung hinter sich gelassen hatte, nahm er das erste Taxi, das er finden konnte.

KAPITEL 9

Pünktlich um 13:00 Uhr stand James vor dem Restaurant. Er ging hinein und blieb vor dem Pult stehen.

„Kann ich Ihnen helfen?", erklang eine Stimme von der Seite. James drehte sich und starrte direkt in die Augen einer Kellnerin.

„Ich bin hier mit einem Kollegen verabredet", antwortete er. „Er hat für 13:00 Uhr einen Tisch reserviert."

„Wie lautet der Name?", fragte sie, während sie die Gästeliste hervorholte.

„Edward Tesser."

Die Kellnerin blätterte die Gästeliste durch, dann blieb sie mit ihrem Finger auf der letzten Seite hängen. Sogleich richtete sie ihren Blick auf James. „Bitte folgen Sie mir", forderte sie ihn auf und eilte voran ins Restaurant. James folgte ihr unauffällig.

Sie schlängelten sich durchs Restaurant bis zu den hintersten Sitzplätzen durch.

„Da hinten ist Ihr Tisch", wies die Kellnerin ihn an, als sie auf Eddis Tisch zeigte. James nickte und ging allein weiter. Nach einigen Schritten erblickte Eddi James und stand auf, um ihn zu begrüßen.

„Du musst doch nicht aufstehen", sagte James, als er sich zu ihm gesellte.

„Ich mache es hauptsächlich für die Bewegung", antwortete Eddi und ließ sich zurück auf seinen Stuhl fallen.

„Die haben seit dem letzten Besuch umgebaut?", fragte James verwundert, als er den dekorierten Tisch mit der blauen Blumenvase betrachtete.

„Wann warst du das letzte Mal hier?", fragte Eddi, während er seine Augenbrauen hochzog.

„Vor fünf Jahren, glaube ich", antwortete James. Eddi brach in schallendes Gelächter aus.

„Dieses Restaurant hat in den letzten fünf Jahren zweimal den Besitzer gewechselt. Mein Stammtisch ist mir aber geblieben", betonte Eddi voller Stolz. „Hat etwas Angenehmes, wenn man sich nicht ständig nach etwas Neuem umsehen muss", meinte er und nahm sich ein Stück Baguette, um es in Knoblauch zu dippen.

„Ist das schon dein zweiter Teller mit Baguette und Dip?", fragte James, als er die übereinanderliegenden Teller sah.

„Ich esse halt gerne. Solange ich noch alles von der Stange kaufen kann, bin ich zufrieden." Eddi klopfte sich auf den Bauch.

„Bist du noch bei Lockheed angestellt?", fragte James, während er nach einem Stück Brot griff.

„Der Laden lässt mich einfach nicht los. Ich habe schon mehrfach einen Wechsel geplant", erklärte Eddi und griff erneut zu einem Stück Baguette.

„Stimmt das Geld nicht?", hakte James nach und verzehrte das kleine Stück Baguette in einem Happen.

„Die bisherigen Versprechungen wurden bisher nicht eingehalten. So was ist langfristig nicht gut fürs Gemüt", murmelte Eddi.

„Hört sich nicht ideal an", bestätigte James.

„Leider spielen die Finanzen gerade nicht mit", sprach Eddi weiter und hob die Hand. James war so auf das Gespräch fokussiert, dass er Eddis unkoordiniertes Handwedeln am Tisch nicht bemerkte.

„Ich hoffe, dass es überschaubare Summen sind?", entgegnete James.

„Nichts, was ich nicht in den Griff kriegen kann", antwortete Eddi, während die Kellnerin in die Runde blickte.

„Wissen die Herren schon, was Sie trinken wollen?", fragte sie.

„Ich nehme eine Cola mit extra Eis", sagte James

Die Kellnerin notierte dieses auf ihrem Block und blickte dann hinüber zu Eddi.

„Ein Glas Château du Rothschild bitte", antwortete dieser.
Die Kellnerin war gerade dabei, sich vom Tisch zu entfernen, da erhob Eddi fragend seine Hand.

„James, bevor wir weiter in die Materie einsteigen, wäre es besser, wenn wir etwas zu essen bestellen. Ich bin erst richtig einsatzfähig mit vollem Magen", schlug Eddi vor. „Das Gericht Nummer 3 ist zu empfehlen. Der Koch versteht sein Handwerk, wenn es um Steaks geht."

„Danke für den Hinweis", erwiderte James und prüfte den Rest der Karte zügig. Nach den ganzen Häppchen im Plaza war ihm jetzt nicht nach einem 400-g-Steak mit Kartoffeln. Eher nach einem Hähnchensalat. In der Zwischenzeit sprachen sie über vergangene Zeiten. James versuchte mehrfach, das Gespräch in die Gegenwart zu lenken, aber Eddi ließ nicht locker.

„Nicht so hastig. Wir müssen noch essen", meinte Eddi. „Die wichtigen Sachen müssen warten."

James ließ sich widerwillig auf die Unterhaltung ein.

„Hier sind Ihre Getränke", unterbrach die Kellnerin das Gespräch.

Eddi griff hastig nach seinem Rotweinglas. Er hielt es unter die Nase und nahm einen tiefen Zug. Anschließend nahm er einen Schluck. Sein Gesicht leuchtete förmlich, als er in den Genuss des Abgangs kam. Sein gesamter Körper entspannte sich. James folgte dem ganzen Prozedere zurückhaltend, während er genüsslich an seiner Cola nippte. Nach Abschluss der Verköstigung nickte Eddi zustimmend der Kellnerin zu. Die Kellnerin füllte das Glas auf und verließ dann den Tisch. Während sie auf das Essen warteten, unterhielten sich beide weitestgehend über vergangene Zeiten. Jeder Versuch von James, das Gespräch auf aktuelle Angelegenheiten zu lenken, schlug fehl. Dreißig Minuten später betrat die Kellnerin mit einem Tablett den Tisch. Sie stellte den Salat vor James ab und das Steak vor Eddi. Eddi war in den letzten zwei Minuten hibbelig geworden. Wie ein dreijähriges Kind wackelte er auf dem Stuhl hin und her und hielt in alle Richtungen Ausschau.

„Kann es sonst noch etwas sein?", fragte die Kellnerin, als sie das Tablett vom Tisch nahm.

„Wir haben alles, was wir brauchen", antwortete Eddi und schob sich die erste Kartoffel in den Mund. Kauen hatte dabei nur eine untergeordnete Priorität. James stach mit der Gabel in den Salat. Fein säuberlich kaute er seine Portion, während Eddi schon die zweite Kartoffel herunterschlang. Er fing an zu husten, worauf er zum Rotweinglas griff.

„Liegt bei dir für die nächste Woche etwas an?", fragte James, als er seinen Bissen heruntergeschluckt hatte.

„Ich habe genug Überstunden. Abgesehen davon liegen momentan keine wichtigen Projekte an", antwortete Eddi, während er sein Steak zu kleinen Portionen verarbeitete. „Worum geht es überhaupt?"

„Es geht um den Transport von Nuklearsprengsätzen", antwortete James. Nachdenklich schnitt Eddi das letzte Stück Steak zu einem kleinen Würfel zurecht.

„So was hätte ich jetzt nicht erwartet." Eddi rollte kurz mit den Augen und zermanschte dann eine Kartoffel. Fein säuberlich schob er den Brei auf die Gabel und pikste dann ein Stück Fleisch vom Teller auf. Als er die Gabel zum Mund führte, blickte er James an. „Ist der Auftrag von den Chinesen?", fragte Eddi, während er mit der Gabel vorm Mund pausierte.

„Der Auftrag stammt aus Afrika", antwortete James und griff nach der Cola. Eddi legte die Gabel ab.

„Willst du mich verarschen? Eine afrikanische Nation besitzt Nuklearsprengsätze?", fragte Eddi ungläubig. „Von wem ist überhaupt der Auftrag?"

„Vom kamerunischen Präsidenten", sagte James, als er die Cola auf den Tisch stellte.

„Der Präsident Kameruns gibt dir also so einen Auftrag?", entgegnete Eddi und stocherte wild mit der Gabel auf die Kartoffel ein.

„Du hast es erfasst", bestätigte James. Für einen kurzen Augenblick vergaß Eddi das Essen, obwohl ihm der Geruch seiner Mahlzeit ohne Pause in seine Nase stieg.

„Was kannst du mir noch erzählen?"

„Wir müssen den Transport von Kamerun in die USA koordinieren. Mit US-amerikanischer Hilfe ist wegen der politischen Diskrepanzen mit Kamerun nicht zu rechnen. Außerdem steckt Kamerun zurzeit in finanziellen Schwierigkeiten, weshalb die Mittel begrenzt sind", antwortete James. „Wir sind also auf uns selbst gestellt."

„Hast du dir schon einen Überblick von der Lage verschafft?"

„Ich fliege morgen hin", antwortete James.

„Ist genug Geld für eine Bezahlung übrig?", fragte Eddi mit starrem Blick.

„Dafür ist genug vorhanden", antwortete James und nahm einen Bissen zu sich.

Eddi blickte James regungslos an.

„Du wirst garantiert mehr in dieser Woche verdienen als sonst in einem Jahr", fügte James hinzu, als er fertig gekaut hatte.

Eddi nahm die Gabel erneut zur Hand und schob sich die Portion in den Mund. Nachdenklich kaute er auf dem Happen herum. Seine Augen drehten sich von rechts nach links und wieder zurück.

„Soll ich mit nach Kamerun kommen?", fragte Eddi, als er seine Portion durchgekaut hatte.

„Ich habe mir schon gedacht, dass du Interesse hast", antwortete James.

Eddi nahm sich das größte Stück Fleisch vom Teller und steckte es in seinen Mund. Sein breiter Mund konnte dabei ein Grinsen nicht verbergen. Zum Schluss spülte er den Bissen mit einem Schluck Rotwein hinunter und wischte sich anschließend den Mund ab.

„Das Geld kann ich gut gebrauchen", sagte Eddi.

„Geld ist immer gut", bestätigte James.

Für die restliche Zeit unterhielten sich James und Eddi über das Projekt. Mehr als grobe Ansätze konnte James nicht liefern. Zu wenig wusste er über den Zustand der Sprengsätze. Trotzdem verwies er mehrfach auf die Wichtigkeit der morgigen Reise. Solange noch Essen auf Eddis Teller lag, hörte er nicht auf, über das Projekt zu sprechen, vor allem der Lohn ließ ihn nicht mehr los. Eine Zahl konnte James aber nicht nennen, da er die Bezahlung noch nicht mit Kayan geklärt hatte.

Aber es spielte keine Rolle. Die Aussicht auf eine gute Bezahlung erfreute Eddi so sehr, dass er die Rechnung fürs Essen übernahm, obwohl er zurzeit finanziell eher klamm war. James verabschiedete sich anschließend von Eddi, aber nicht, ohne ihn darauf hinzuweisen, dass er pünktlich um 7:30 Uhr am Flughafen zu sein habe.

Obwohl Eddi keine umgängliche Person war und grundsätzlich andere in Schwierigkeiten brachte, konnte James sich glücklich schätzen, ihn in seinem Team zu haben. Ohne weiteres Fachpersonal wäre es für ihn allein nicht möglich, die Sprengsätze zu überprüfen. Die Zeit war dafür einfach zu knapp bemessen.

KAPITEL 10

Zu Hause loggte James sich in sein Notebook ein und wählte den ersten Stream für die Generalversammlung aus, den er finden konnte. Unbedingt wollte er der Diskussion beiwohnen.

Während die Seite lud, legte James sein Sakko auf einem benachbarten Stuhl ab. Dann sah er Kayan am Podium. Voller Leidenschaft hielt er seine Rede. Mehrfach sprach Kayan die wirtschaftliche Problematik Kameruns an und deren Auswirkungen. Er ging auch auf ein Szenario ein, das die benachbarten Länder in Mitleidenschaft ziehen könnte, was bei einer Staatspleite ein durchaus mögliches Resultat wäre. Aber die Anwesenden im Saal waren regungslos. Die Kamera schwenkte mehrfach über die Delegierten. Beschäftigt waren sie, aber nicht mit dem Zuhören.

Angola führte die Sitzordnung an. Auf den hintersten Bänken unterhielten sich die Delegierten des Vereinigten Königreichs mit denen der Vereinigten Staaten. Der Repräsentant Tansanias zwischen den beiden wurde dabei verbal überschallt. Um den Diskurs der beiden Länder zu seiner Rechten und zu seiner Linken zu entgehen, hielt er mit einer Hand das linke Ohr zu und mit der rechten drückte er den Kopfhörer an sein anderes Ohr.

Nach fünf Minuten beendete James den Stream. Er hatte genug gesehen. Mit behäbigen Schritten begab er sich ins Wohnzimmer. Nach seiner Einschätzung würde die Generalversammlung keine Entscheidung bringen. Zu unwichtig schien ein kleines Land im globalen Umfeld. James ging zum Kühlschrank, um sich die Flasche Martini Bianco zu greifen. Langsam füllte er das Wasserglas halb voll. Tonic ließ er hingegen heute weg. Mit dem Glas in der Hand schlenderte er langsam hinüber zum Arbeitszimmer. Er kramte sein Handy aus dem Sakko und kontaktierte John.

„Was ist los? Wie gehts?", fragte John.

„Den Umständen entsprechend", antwortete James und nahm einen großen Schluck. „Nächste Woche müssen die Sprengsätze in Miami sein. Hast du schon die Dokumente?"

„Sind gerade in Bearbeitung. Hoffentlich kommt nichts anderes dazwischen, sonst muss ich wieder von vorne anfangen", antwortete John.

„Momentan scheint alles nach Plan zu laufen", entgegnete James, als er sich aufs Sofa setzte.

„Gibt es was Neues über die Sprengsätze?", fragte John.

„Morgen wissen wir mehr. Hoffentlich halten sich die Mängel in Grenzen", meinte James.

„Wenn es Komplikationen gibt, dann melde dich umgehend bei mir, damit ich die nötigen Maßnahmen einleiten kann", forderte John ihn auf. „Ich muss jetzt weiter. Morgen ist auch noch ein Tag", verabschiedete er sich und legte auf.

James legte das Handy auf den Tisch und nahm den letzten Schluck Martini.

KAPITEL 11

Mit einem schläfrigen Blick sah James auf die Uhr. Es war 6:05 Uhr. Höchste Zeit, aufzustehen. Zum Glück hatte er gestern noch alle Dokumente für die Reise zusammengelegt, ansonsten stünde er jetzt unter erheblichem Stress. Er kramte die letzten wichtigen Sachen zusammen und steckte diese in seine Tasche.

Während er sein Sakko anzog, meldete sich bereits das Taxi. James klickte die Textnachricht weg und griff seinen Koffer. Hastig lief er die Treppe runter zur Straße. Während der Taxifahrer sein Gepäck einlud, überprüfte James ein letztes Mal seine Taschen. Reisepass, Handy, Ticket und Portemonnaie hatte er dabei. Der Rest war zu diesem Zeitpunkt nebensächlich.

„Terminal eins, JFK?", fragte der Taxifahrer.

„Ja", antwortete James. Dann verließ das Taxi die Parkbucht und machte sich auf den Weg zum Flughafen.

„Die sind gerade losgefahren", murmelte Gustav, als er das letzte Stück Pizza herunterschluckte.

„Ich bin nicht blind, aber der Wagen macht gerade Zicken", stotterte sein Kollege angespannt.

Gustav schmiss den Pizzakarton auf den Rücksitz, während er dem Taxifahrer nachblickte. Erst nach dem dritten Versuch röhrte die Maschine auf. Sein Kollege nahm umgehend die Verfolgung auf. Nach nur wenigen Sekunden fuhren zwischen ihnen und dem Taxi nur ein roter Toyota und ein alter Dodge Pick-up.

„Glaubst du, dass er uns gesehen hat?", fragte sein Kollege, während er seine Hände am Lenkrad rieb.

„Nicht in der Dunkelheit", antwortete Gustav.

„Die gesamte Bande versucht garantiert, das Geld außer Landes zu schaffen", fauchte Mat und schlug mit der rechten Hand auf den Lenker. „Nicht heute. Heute kriegen wir sie alle dran. Den ganzen Misthaufen."

„Beruhige dich. Noch haben wir nicht genug Indizien. Fürs Erste sollen wir ihn nur beschatten", antwortete Gustav.

„Scheiß auf die Informationen. Wir können Offenbach doch gleich hochnehmen. Der ist garantiert nicht sauber, so wie der aussieht", lispelte Mat.

„Momentan wissen wir nur, dass einige der Gelder illegal sind, aber nicht, inwieweit Bernstein oder irgendwelche Komplizen darin verwickelt sind", antwortete Gustav.

„Ich sagte dir: Wenn wir jetzt nicht handeln, dann ist es zu spät. Wenn wir so weitermachen, verlieren wir nicht nur das Geld, sondern auch die Täter", regte sich Mat auf und schlug erneut aufs Lenkrad, während er aufs Gaspedal drückte, um die Gelbphase noch zu schaffen.

„Mir schmeckt die Sache auch nicht. Aber warum sollte ein Mensch mit einem solch exzellenten Netzwerk wie Bernstein alles aufs Spiel setzen? All das für einige Millionen?", wandte Gustav ein.

„Ich sage dir, wir nehmen Offenbach fest. Der Kerl sieht schon so aus, als ob er schnell redet", entgegnete sein Kollege.

„Wir haben klare Anweisungen, dass wir nicht eingreifen dürfen", sagte Gustav. Sein Kollege atmete tief durch, während er den Wagen zur Flughafenzufahrt steuerte.

„Ich kenne die verfluchten Gesetze. Wofür veranstalten wir diesen ganzen Zirkus überhaupt?", lispelte sein Kollege, während er die Geschwindigkeit reduzierte. Gustav holte sein Handy aus der Tasche. Keine neue Nachricht war eingegangen. Die Zentrale hielt sich bedeckt.

„Wir sind angekommen", antwortete sein Kollege, während er den Ford fünfzehn Meter hinter dem Taxi parkte.

„Und da geht er."

„Jetzt oder nie", forderte sein Kollege und blickte Gustav hoffnungsvoll an.

„Lass gut sein. Die Anweisungen stehen. Lassen wir ihn ziehen", erklärte Gustav, während er James zusah, wie er zu den Doppeltüren
schritt. Dann war er verschwunden.

KAPITEL 12

Als James durch die Tür den Flughafen betreten hatte, konnte er Arthur und Kayan sehen. Sie standen in einem abgesperrten Bereich. Eddi hatte sich während der Taxifahrt bei James gemeldet und mitgeteilt, dass er sich verspäten würde. Als Arthur James erblickte, hob er seinen Arm und winkte ihn zu sich.

„Ich sehe, wir sind vollzählig", sagte Kayan, als er in die Runde blickte.

„Ein Kollege von mir verspätet sich etwas, aber er sollte auch gleich eintreffen", entgegnete James, während er Ausschau nach Eddi hielt. „Da ist er", rief James und zeigte auf Eddi, der aus einem anderen Terminal kam.

„Los gehts", forderte Arthur, während er hinüber zum Sicherheitscheck ging.

Nach einer längeren Sicherheitskontrolle waren alle an ihrem Platz im Flugzeug angekommen. Eddi saß vorne, während Kayan mit den Delegierten im Hinterteil des Flugzeuges Platz nahm. Arthur saß direkt vor James.

„Wie war die Generalversammlung?", wollte James wissen.

„Hast du die Nachrichten gesehen?", fragte Arthur und drehte seinen Kopf nach hinten.

„Ja", antwortete James.

„Die Rede hat nichts bewirkt. Wir haben uns so was von vorneherein schon gedacht. Jetzt haben wir aber Gewissheit", sagte Arthur enttäuscht. „Wenn wir die Sache nicht selbst in die Hand nehmen, dann macht es keiner für uns."

„Mir kommt es so vor, als ob ihr absichtlich hingehalten werdet", betonte James.

„Höchstwahrscheinlich", bestätigte Arthur. „Unser Vorhaben wurde bisher in den Medien nicht groß genug behandelt. Als das Medieninteresse sich verschärfte, wurde die Generalversammlung verschoben. Als Grund wurden Bauarbeiten angegeben, was natürlich an den Haaren herbeigezogen war", erklärte Arthur.

„Ich habe später erfahren, dass ihr für euren Antrag nicht einmal ein Drittel der Stimmen bekommen habt", ergänzte James.

„Immerhin haben wir es versucht. Mehr war anscheinend nicht zu holen", warf Arthur ein.

„Konntet ihr denn im Nachhinein noch etwas bewirken?", fragte James, während er sich am Vordersitz festhielt.

„Ja."

„Habt Ihr einen Deal mit den USA gemacht?"

„Diese Verhandlungen waren schon vor zwei Monaten geplant", antwortete Arthur.

„Was kam heraus?"

„Nichts. Die halten sich strikt an die letzte Absprache. Nur die Transportkosten würden sie jetzt zusätzlich übernehmen", berichtete Arthur und seufzte.

„Das ist alles?", fragte James entgeistert.

„Leider", seufzte Arthur.

„Nicht gerade überzeugend,"

„Du kannst einen richtig aufbauen", sagte Arthur und stieg aus seinem Sitz auf.

„Droht Kamerun in der nächsten Woche wirklich ein Staatsbankrott?"

Arthur tat so, als ob er sich strecken würde. „So was wird nicht eintreffen", entgegnete Arthur und lehnte sich dann hinüber zu James. „Sei vorsichtig mit solchen Äußerungen. Es ist besser, wenn nur wenige von dieser Sache wissen", mahnte Arthur und richtete sich auf. Er drehte sich um und ging zur Toilette im hinteren Bereich des Flugzeuges.

James streckte seinen Kopf auf den Gang hinaus, um nach Eddi zu suchen. Verdeckt vom Flugmagazin hatte er es sich auf seinem Platz im vorderen Bereich des Flugzeuges gemütlich gemacht. Wahrscheinlich war er beim kulinarischen Kapitel des Magazins stehen geblieben. James nutzte die Gelegenheit, um sich die Beine zu vertreten und nach Eddi zu schauen. Er hatte seinen Kopf so tief im Magazin vergraben, dass er James nicht kommen sah.

„Spannend?", fragte James, als er vor Eddi stehen blieb.

„Stehst du schon lange da?", blaffte ihn Eddi an, während er sein Magazin herunternahm.

„Du hast viel Gepäck mitgenommen", meinte James. „Viel Ausrüstung dabei?"

„Für die ersten Untersuchungen sollte es reichen", antwortete Eddi.

„Alles Weitere regele ich dann", bestimmte James.

„Konntest du schon was über die Bezahlung herausfinden?", fragte Eddi.

„Die Bezahlung ist gut", antwortete James, während er zurück zu seinem Platz gehen wollte. Als er einen ersten Schritt machte, zupfte ihn Eddi am Ärmel.

„Ich habe keine Lust, in Kamerun meine Freizeit für Schalenfrüchte zu opfern", betonte er.

„Ich habe vorhin mit Arthur gesprochen. Die Entlohnung ist gesichert. Versuch, dich etwas zu entspannen. Wir sind dort nicht für Ewigkeiten", entgegnete James.

Eddi machte keinen überzeugten Eindruck. Er nahm das Magazin von seinem Schoß und klappte es auf. James ließ Eddi hinter sich und ging wieder zu seinem Platz. Arthur war bereits von der Toilette zurück und hatte es sich auf seinem Sitzplatz bequem gemacht. Mit lockerem Gang schlenderte James hinüber zu Arthur.

„Wie schnell kannst du die Ausrüstung für die Sprengsätze beschaffen?", fragte James.

„Bei Standard-Equipment 24 Stunden. Bei Spezialgeräten kann ich dir leider keine genauen Angaben geben", antwortete Arthur.

„Wie lange benötigt ihr, um etwas im Ernstfall aus den USA einzu-fliegen?", fragte James.

„Nicht länger als 24 Stunden", antwortete Arthur.

James nickte zufrieden und setzte sich auf seinen Sitzplatz. Er klemmte sich an sein Handy und klapperte alle potenziellen Kontakte ab. Als das Flugzeug auf die Flugbahn rollte, hatte er bereits alle Text-nachrichten verschickt. Wenige Minuten später war die Maschine in der Luft.

KAPITEL 13

Als James aus dem Auto stieg, bemerkte er die Anstrengungen des Fluges. Noch beim Verlassen des Flugzeuges war er in guter Verfassung gewesen. Die Fahrt durch Jaunde gab ihm dann aber den Rest. Das Erste, was er beim Aussteigen aus dem Auto sah, war der Präsidentenpalast. Das Wasserspiel des Brunnens imponierte nicht nur James. Auch Eddi konnte sein Erstaunen nicht zurückhalten.

„Wenn die für so was Geld haben, dann erst recht für einen kleinen Transport", meinte Eddi zu James. James nickte zustimmend.

Kayan führte die Gruppe die Treppe hinauf und dann durch den Palast. Am Empfangsraum angekommen öffnete ein Bediensteter die zwei Türen. Am Tischende saß bereits eine Person und beobachtete, wie die vier eintraten.

„Guten Tag, Hondo", begrüßte Kayan die sitzende Person.

„Tag, Kayan", antwortete Hondo. Er bewegte sich nicht. Kein Zucken. Nur seine Augen bewegten sich. Mehrfach sprang sein Blick von Person zu Person.

Nachdem alle den Raum betreten hatten, stellte Kayan seinen Vizepräsidenten am Tischende vor.

„Es freut mich, Sie alle kennenzulernen", sagte Hondo, ohne sonst weiter seinen Körper zu bewegen. „Gibt es Neuigkeiten aus New York?"

„Später", antwortete Kayan, während er sich hinsetzte. „Es sind genug Stühle für alle vorhanden", erklärte Kayan und zeigte auf den Tisch.

Die anderen aber winkten fürs Erste ab. Der Flug war lang genug gewesen. Sie waren jetzt dankbar, dass sie ihre Beine vertreten konnten.

Als Kayan es sich in seinem Stuhl bequem gemacht hatte, hob er die Hand. Mit schnellen Schritten eilte ein Bediensteter vom Eingang hinüber zu Kayan. Der Diener beugte sich zu Kayan und dieser flüsterte ihm etwas ins Ohr. Dann schoss er genauso schnell wieder davon, wie er gekommen war. Er öffnete die Tür und war nicht mehr zu sehen. Arthur entschloss sich dann doch, neben Kayan Platz zu nehmen. James und Eddi blieben hingegen beide stehen.

Nach einer Minute kam der Bedienstete mit einem Tablett und einem Glas Wasser darauf zurück. Als Kayan einen Schluck genommen hatte, ging James hinüber zu ihm. Als er seinen ersten Schritt machte, verabschiedete sich Hondo von der Gruppe und begab sich zur Tür.

„Der macht nicht gerade einen zimperlichen Eindruck", meinte Eddi.

„Was ist mit dem los?", fragte James, als Hondo den Raum verlassen hatte.

„Diplomatie liegt ihm nicht. Als Armeegeneral zählen halt andere Tugenden", erklärte Arthur.

„Hat der nicht auch bei der letzten Wahl für das Amt des Präsidenten kandidiert?", fragte James.

„Seine Art kommt bei der Bevölkerung nicht gut an", antwortete Arthur.

„Anscheinend ist er immer noch sauer, dass er die Wahl verloren hat", sagte Eddi, als er an den Tisch heranschritt.

„Jetzt zurück zu den wichtigen Punkten", forderte Kayan, als er das Glas abstellte.

„Kayan, du musst dich ausruhen", verlangte Arthur. „Du hast im Flugzeug nicht mal geschlafen."

„Das kann ich später auch noch", erwiderte Kayan, als er sich die Stirn abtupfte. „Wir haben über die nächsten Schritte schon gesprochen. Bitte weih James und Eddi in den Ablauf ein. Alles Weitere machen wir später in meinem Haus", bat Kayan. „Ich muss mich jetzt noch um einige politische Sachen kümmern", erklärte Kayan und stand auf.

„Werde ich machen", antwortete Arthur.

Als Kayan den Raum verlassen hatte, erläuterte Arthur die Lage. Er erklärte James und Eddi, dass sie als Erstes zum Lager fahren würden,

um die Sprengsätze zu begutachten. Danach würde es zu einer Lage-
besprechung in Kayans Haus gehen.

„Geht es Kayan gut?", fragte James, als Arthur den Plan erklärt hatte.

„Er ist momentan sehr gestresst, aber sonst ist nichts weiter", antwortete Arthur. „Es ist besser, wenn wir jetzt aufbrechen."

KAPITEL 14

Ein Großteil der Fahrt führte über Schotterpisten, was sie nicht gerade angenehmer machte. Alle Beteiligten waren erleichtert, als das Auto endlich hielt.

Die Lagerstätte war vielmehr ein Militärkomplex für die Armee. Das Grundstück hatte die Form eines Rechtecks mit einer Vielzahl an unterschiedlichen Gebäuden. Kasernen, Lagerhallen, Forschungseinrichtungen und weitere Gebäude zierten das Areal. Am Ende des Geländes befand sich ein großes mehrstöckiges Gebäude, vor dessen Eingang der Chauffeur hielt.

„Wir sind angekommen", sagte Arthur, als er die Tür öffnete.

„Machen wir auch was anderes außer zu reisen?", fragte Eddi, als er ausstieg.

Das Areal war gut bewacht. Überall patrouillierten Soldaten. Die drei Personen schritten die Treppe hoch zum Eingang, wo Arthur eine ID-Karte vorzeigte. Nach einer kurzen Begutachtung öffnete der Sicherheitsmann die Tür und ließ die Gruppe passieren. Die Luft hatte einen eigenartigen Geruch. Sie besaß den ähnlichen sterilen Geruch wie im Krankenhaus.

„Wir sind nicht mehr weit entfernt", vermutete Eddi.

„Stimmt", bekannte Arthur, als er James und Eddi die Treppe hinunterführte. Dann schritten sie einen Korridor entlang. Das diffuse Röhrenlicht brannte Eddi in den Augen. Er musste seine Hand zum Schutz über die Augenbrauen halten.

„Wir sind da", erklärte Arthur, als er seine Sicherheitskarte zückte. Er begab sich zum Schlitz neben dem Stahltor und steckte die Karte hinein. Nach einem Piepton leuchtete eine grüne Lampe über dem Tor auf. Langsam schoben sich die schweren Stahltüren zur Seite. Als das Tor sperrangelweit offen stand, schritt Arthur als Erster in den Raum.

Eddi fielen sofort die fünf überdimensionierten Scheiben auf. Am rechten Rand des Raumes war eine Schleuse zu erkennen, auf die Arthur zusteuerte. Fünf Sekunden später fing eine andere grüne Lampe über der mittleren Scheibe zu leuchten an. Hintereinander schalteten sich die Lichter auf der anderen Seite der Scheiben ein. Wie durch Geisterhand war der Raum erleuchtet.

„Ich glaube es nicht. Alte sowjetische Bomben, hier in Kamerun", rief Eddi und eilte hinüber zum rechten Fenster. Er presste sein Gesicht dicht an die Scheibe, um einen besseren Blick zu erhalten.

„Wie lange sind die Bomben schon hier?", fragte James, während er von Fenster zu Fenster schritt. Immer wieder warf er einen prüfenden Blick in das Innere.

„Soviel ich weiß, wurden die seit zwanzig Jahren nicht mehr bewegt", antwortete Arthur.

„Aus der Entfernung machen die Sprengsätze einen hervorragenden Eindruck", erklärte Eddi.

„Hast du dein Werkzeug hier?", fragte James.

„Ist im Auto", antwortete Eddi.

„Können wir in den Raum?", erkundigte sich James.

„Natürlich", antwortete Arthur und ging zur Schleuse. Er nahm seine Karte hervor und steckte sie in den Schlitz neben der Tür. Nach einem kurzen Knacken öffnete sich die Schleuse. Im Innern waren weiße Overalls und Handschuhe zu sehen. Auch Sicherheitsschuhe standen unter der Bank. In den Regalen über den Overalls waren Masken deponiert.

Eddi verlor keine Zeit und trat sofort ins Innere. Als James eintrat, klingelte das Telefon an der Schleusenwand.

„Bernstein am Apparat", meldete Arthur sich, als er den Hörer abnahm. „Verstehe. Wir machen uns sofort auf den Weg."

„Was gibt es Neues?", fragte James, während Eddi die Größen der Overalls inspizierte.

„Kayan würde uns gerne bei sich zu Hause sprechen", sagte Arthur.

„Schaffst du das hier allein?", rief James in die Schleuse.

„Natürlich. Du würdest mir sowieso nur im Weg stehen", brüllte Eddi zurück.

„Du hast ihn gehört", sagte James.

Als James Arthur zum Tor folgte, steckte Eddi seinen Kopf aus der Schleuse.

„Wie kann ich euch erreichen, falls etwas sein sollte?", fragte er.

„Oben am Eingang ist ein Telefon, damit kannst du uns erreichen. Mit diesem hier kannst du Nummern auf dem Komplex erreichen oder Anrufe entgegennehmen", erklärte Arthur.

„Verstehe", antwortete Eddi und zwängte sich in einen passenden Overall hinein.

KAPITEL 15

Um 19:10 Uhr erreichten sie Kayans Anwesen südlich des Militärkomplexes. Als das Auto vor dem Haupteingang hielt, winkte Kayan schon von der Treppe.

„Willkommen auf meinem Anwesen", begrüßte er sie und öffnete die Tür.

Kayan machte einen erholteren Eindruck als im Palast. Etwas Privatsphäre tat ihm anscheinend gut.

Vorbei an der Wandbeleuchtung mit flackernden Kerzen und der weißen Tapete führte Kayan sie zu seinem Büro im linken Flügel des Hauses. Im Arbeitszimmer bot er den beiden einen Sitzplatz an. Dann schritt er zügig um den Tisch herum, nur um sich auf seinen Stuhl fallen zu lassen.

„Konntet ihr schon etwas feststellen?", fragte er.

„Fürs Erste machen die Sprengsätze einen hervorragenden Eindruck", berichtete James. „Weiteres wird Eddi uns melden."

„Das sind erfreuliche Nachrichten", vermerkte Kayan. „Noch im Palast habe ich einen Anruf aus Amerika erhalten. Finanzbeamte haben bei der Weissmann Bank eine Razzia durchgeführt. „Es wurden fünf Leute verhaftet. Einer davon war Randolf Blank."

Arthur hielt sich die Hand an die Stirn und sprang von seinem Sitzplatz auf. „Das sind keine guten Nachrichten."

„Wenn wir das Geld bis Ende der Woche nicht haben, war es das für Kamerun, wie wir es kennen", erklärte Kayan.

Arthur stand in der Zwischenzeit am Fenster. Mehrfach fuhr er sich mit der Hand durch die Haare.

„Herr Blank hat mir gestern noch bestätigt, dass wir das Geld in drei Tagen haben", berichtete Arthur, als er sich zu James und Kayan drehte. „Es seien nur noch kleine Formalitäten zu klären, versicherte er mir."

„Die Voraussetzung dafür ist wohl, dass die Finanzbeamten der Überweisung keinen Strich durch die Rechnung machen", erläuterte Kayan.

„Es war schwer genug, jemanden zu finden, der uns eine halbe Milliarde Dollar leiht. In so einer kurzen Zeit finden wir keinen weiteren Darlehensgeber", gab Arthur zu bedenken.

James hatte fürs Erste genug gehört. Er ließ die beiden die Finanzplanung weiter besprechen, während er sich auf den Weg zur Toilette machte. Langsam ging er den Korridor entlang und dehnte dabei seine Arme. Abgesehen vom Tippen auf dem Handy hatten sie in den letzten zwei Tagen nichts gemacht.

Das Haus war stilvoll eingerichtet. Antike Möbel zierten das gesamte Haus. Kronleuchter hingen in jedem Raum. Der Flur wurde mit LED ausgeleuchtet. Nach einem kurzen Zwischenstopp auf dem WC machte er sich auf den Rückweg. Kurz vor Kayans Büro hörte er die beiden sich austauschen.

„Ist es schlimmer geworden?", fragte Arthur.

„Ja", antwortet Kayan schmerzverzerrt.

„Die USA hat hervorragende Ärzte."

„Momentan gibt es Wichtigeres zu tun", wandte Kayan ein.

In Briefen an James hatte Kayan mehrfach angedeutet, dass er gesundheitlich angeschlagen war. Aber Genaueres hatte er nie preisgegeben, auch wenn James ihn gedrängt hatte.

„Alles in Ordnung?", fragte James, als er ins Büro trat.

„Nur ein kleiner Schwächeanfall", antwortete Kayan, als er sich setzte. „Fast 20:00 Uhr. Ihr seid doch garantiert hungrig?", fragte er, als er wieder aufstand.

„Wie sieht es bei Eddi aus?", fragte Arthur.

„Ich erkundige mich", antwortete James, während er auf dem Tisch das Telefon suchte.

„Das Telefon ist hinter den Aktenordnern. Die Telefonnummer für den Komplex steht unter 39 auf dem Telefon", erklärte Arthur und verließ mit Kayan den Raum.

James ging um den Tisch herum und setzte sich auf Kayans Stuhl. Er schob die Aktenordner zur Seite und wählte anschließend die ihm genannte Nummer. Das Telefon klingelte einige Male, bis Eddi den Anruf entgegennahm.

„Was macht die Untersuchung?"

„Abgesehen von einigen Kleinigkeiten läuft hier alles prima", antwortete Eddi.

„Haben wir ein Strahlenleck?"

„Strahlung ist nicht das Problem. Die Elektronik bereitet mir mehr Sorgen."

„Was genau?"

„Ich habe die Platine überprüft. Zwei Kabel für den Zündmechanismus haben einen Wackelkontakt. Wenn wir versuchen, die zu transportieren, und etwas geht schief, dann geht das Ding hoch", erklärte Eddi.

„Kannst du die Kabel reparieren?"

Eddi pausierte. James konnte sein Schnaufen und tiefe Atemzüge hören. „Das sind Spezialkabel. Ich habe dafür nicht die passende Ausrüstung", ertönte Eddis Stimme knisternd durchs Telefon.

Es vergingen einige Sekunden, bevor ein weiterer Wortwechsel stattfand. Auf beiden Seiten war in der Zwischenzeit nur ein Rauschen zu vernehmen.

„James?", ertönte Eddis Stimme.

„Ich werde mich der Sache gleich annehmen", antwortete James. „Könntest du ein intaktes Kabel mitnehmen?"

„Werde ich machen", stimmte Eddi zu.

„Hast du noch viel zu tun oder hast du die gesamte Analyse abgeschlossen?", fragte James.

„Fast durch."

„Wenn du mit allem fertig bist, dann komm rüber", sagte James und legte auf.

Zum Glück kannte James zu Genüge Personen im Elektronikbereich. Manchmal hat es einen Vorteil, für größere Firmen zu arbeiten. Er überlegte sich, wie er die Sache angehen könnte. Aber zuerst wollte er etwas essen. Er legte die Ordner zurück an ihren Platz und begab sich zum Esszimmer im anderen Flügel. Als James ins Speisezimmer trat, staunte er, als er Hondo am Tisch sitzen sah. Wie beim letzten Mal war sein Gesicht wie eingefroren. Die Mundwinkel waren nach unten geneigt und die Augen strahlten nur so vor Kälte.

„Komm an den Tisch. Hier ist Platz genug", forderte Kayan James auf, als dieser den Raum betrat. Als er sich setzte, brachte ihm ein Bediensteter eine Tomatensuppe. Alle außer Hondo hatten die Suppe fast aufgegessen. Er hatte nicht einmal den Löffel bewegt. Als James etwas Brot vom Korb in der Mitte des Tisches nahm und in die Suppe tunken wollte, ergriff Hondo das Wort.

„Wie kannst du nur die Sprengsätze abgeben?", fragte er leise. „Was haben die jemals für uns getan? Nichts haben die getan. Alles, was die wollen, ist, uns am Boden kriechen zu sehen." Dann griff er ein Stück Brot und nahm einen großen Bissen davon.

„Ich habe dir schon mehrmals gesagt, dass wir keine andere Wahl haben. Ich werde mich nicht noch mal wiederholen", entgegnete Kayan, während er den Löffel langsam in die Suppe steckte.

„Wir schaufeln gerade unser eigenes Grab", fuhr Hondo fort und schlug mit der Faust auf den Tisch. Ein Spritzer seiner Suppe ergoss sich über den Eichentisch. Die Kälte in seinen Augen war verschwunden. Jetzt war nur noch Feuer zu sehen. Ein flammendes Inferno brodelte auf. „Was können die uns schon bieten? Etwas Geld. Na und?", schimpfte Hondo und ballte seine rechte Faust. „Aber was verlieren wir im Gegensatz? Ich sage dir, was wir verlieren. Wir verlieren unsere Unabhängigkeit."

Kayan legte seinen Löffel aus der Hand. „Du willst es nicht verstehen", entgegnete Kayan wütend. „Was bringen uns Sprengsätze, um uns gegen andere Länder zu behaupten, wenn sich unser Land gerade selbst ins Jenseits befördert?", fragte Kayan provozierend und stand auf. Sein Körper zuckte. „Was bringen uns diese Waffen, wenn wir nicht für genug Essen sorgen können. Dreißig Jahre rotten die schon vor sich hin. Es wird endlich Zeit, mit der Vergangenheit abzurechnen und in die Zukunft zu investieren."

Hondo saß sprachlos am Tisch. Fünfzehn Sekunden später schob er die Suppe von sich und ging zur Tür. Dort drehte er sich noch einmal um.

„Eine solche Entscheidung kann ich nicht gutheißen", erklärte er und verließ den Raum. Dann setzte Stille ein. Nur das Atmen von Kayan war zu hören.

„So aufgebracht habe ich ihn noch nie gesehen", meinte Arthur und blickte verdutzt Kayan an. Kayan überlegte, während James die Suppe zu sich nahm.

„Die kritische Lage will einfach nicht in seinen dicken Schädel hinein. Er glaubt, dass er sich in einer Schlacht befindet. Nur den Gegner kann er nicht sehen. Ihm fehlt der Instinkt", bemerkte Kayan und legte den Löffel in die Suppe.

„Können wir ihm noch vertrauen?", fragte Arthur.

„Er braucht mich", antwortete Kayan, während er seinen Kopf hängen ließ. Nachdenklich starrte er die Suppe an. „Diese lästigen Diskussionen können einen richtig zermürben", murmelte Kayan resigniert. Dreißig Sekunden starrte er die Suppe an. Einige Male ließ er seinen Kopf rotieren, um besser nachdenken zu können, aber der Blick blieb auf die Suppe gerichtet. Schlussendlich verabschiedete er sich. Arthur blickte Kayan nach, während James den Teller zur Seite schob. Dann zückte Arthur sein Handy. Mit prüfendem Blick und schnellen Fingerbewegungen bediente er sein Telefon.

„Was macht die Finanzlage?", fragte James, als Arthur eine Pause einlegte.

„Leider gibt es nichts Neues", antwortete Arthur und steckte sein Handy ein.

„Kannst du alles von hier klären oder nimmst du morgen auch einen Flieger zurück?", fragte James, während er zum Korb griff, um sich ein Stück Brot zu nehmen.

„Ich fliege. Die Angelegenheit ist zu wichtig, als dass sie übers Telefon geklärt werden kann", antwortete Arthur und fuhr sich mit seiner Hand langsam durch die Haare, während er James starr anblickte. „Wenn die Ermittler es auf uns abgesehen haben, dann legen die die Finanztransaktion auf Eis."

James nickte zustimmend.

„Ich brauche jetzt etwas zu trinken", stellte Arthur fest und stand auf. Er steuerte die Bar in der Ecke des Esszimmers an. Es war nur eine kleine Bar. Der Tresen war drei Meter lang, aber das Regal bot trotzdem alles, was man sich nur wünschte.

„Ich nehme einen Martini", sagte James, während Arthur einen Blick nach Gläsern unter dem Tresen warf.

„Wie in der Uni?", fragte Arthur, als er den Martini vom Regal holte.

„Wie damals", antwortete James, als auch er sich zur Bar begab. Arthur füllte beide Collinses zu zwei Drittel mit Martini Bianco. Danach goss er die Gläser bis zum Rand mit Tonic auf. Er ließ genug Platz für einen Eiswürfel, den er behutsam dazugab.

Als James mit Arthur anstoßen wollte, trat Eddi in den Raum. Noch hatte er die beiden nicht gesehen. Erst drehte er sich in die falsche Richtung und dann starrte er hinüber zur Bar.

„Die Straßen in diesem Land sind miserabel. Abgesehen davon hatte jeder die Idee, heute Abend eine Runde zu drehen", beschwerte sich Eddi, als er zu den beiden hinüberging. Als er den Martini in den Händen sah, warf er einen Blick auf das Regal.

„Ich brauche jetzt auch etwas. Was trinkt ihr?", fragte er, während er das Getränk von Arthur inspizierte.

„Martini", erklärte James, als er die Olive zum Mund führte.

„Wohl bekomms", wünschte Eddi und fing an, das Regal systematisch von links nach rechts durchzugehen.

„Was suchst du?", fragte Arthur, als er Eddis verwunderten Blick sah.

„Da ist der Bourbon. Der Tag hat doch noch etwas Gutes", antwortete Eddi, während er Eiswürfel in seinen Whiskey packte. „Wenn man da einige Zeit an einer Bombe von einigen Megatonnen fummelt, dann verliert man das Wesentliche aus den Augen", erklärte er und nahm einen kräftigen Schluck.

„Was machen die Untersuchungen?", fragte James.

„Alles beim Alten. Zwei Kabel mit Wackelkontakt. Ansonsten konnte ich nichts Weiteres feststellen", antwortete Eddi und leerte das Glas. Sofort machte er sich ein neues Getränk. Diesmal aber mit mehr Whiskey. „Morgen kann ich dir aber eine absolute Antwort geben", meinte Eddi und nahm einen Schluck.

„Hast du das funktionierende Kabel mitgebracht?", fragte James.

„Es ist hier in meiner Tasche", antwortete Eddi und zeigte auf seine schwarze Aktentasche an der Wand zum Eingang. „Wie sieht es bei euch aus?", fragte Eddi und nahm erneut einen großen Schluck.

„Unser Hauptaugenmerk ist, die Bomben rechtzeitig an die USA zu verschicken, dafür setzten wir uns ein", erklärte Arthur.

„Dann muss ich mir keine Sorgen machen", erwiderte Eddi.

„Arthur und ich fliegen morgen zurück. Sollte etwas sein, dann ruf mich an", bat James.

„Momentan habe ich alles, was ich brauche", erwiderte Eddi. „Halt dich bereit. Ich übermittle dir morgen den Status."

Arthur und James tranken gleichzeitig den Martini aus und verabschiedeten sich anschließend von Eddi, der dabei war, sich ein drittes Getränk zu machen.

„Wir müssen morgen früh raus", entschuldigte sich James.

KAPITEL 16

Am nächsten Morgen trafen James und Arthur gleichzeitig im Esszimmer ein.

„Ihr seid spät dran. Der Verkehr um diese Zeit macht es nicht einfacher", bemerkte Kayan, als er sein Besteck zusammenlegte.

„Schaffen wir schon", beruhigte Arthur. „Ich habe heute Morgen gute Nachrichten erhalten."

„Erzähl", forderte Kayan ungeduldig.

„So, wie es aussieht, werden unsere Gelder nicht eingefroren. Die Behörden hatten es auf irgendwelche Drogengelder abgesehen", antwortete Arthur.

„Endlich wieder erfreuliche Nachrichten", meinte Kayan und stand auf, um sein Geschirr wegzubringen, dann drehte er sich zu James und Arthur am Esstisch. „Euch beiden einen guten Heimflug."

„Wenn es etwas Neues gibt, bist du der Erste, der es erfährt", entgegnete Arthur.

James und Arthur waren dabei, ihre Brötchen zu essen, als Eddi den Raum betrat.

„Guten Morgen, Eddi", grüßte James, als Eddi sich seinen Teller nahm und zum Buffet ging.

„Guten Morgen", antwortete dieser und nahm sich ein Brötchen und etwas Schinken vom Buffet. Dann setzte er sich an das Tischende.

„Ich habe mit einem ehemaligen Kollegen gesprochen. Er hat mir versichert, dass er so ein Kabel duplizieren kann", erklärte James, als Eddi in sein Brötchen biss.

„Je schneller wir die Sache hinter uns bringen, desto schneller bin ich wieder in New York", bemerkte Eddi, als er den Bissen heruntergeschluckt hatte.

In Stille aßen Arthur und James ihr Brötchen auf. Dann verließen sie das Esszimmer und begaben sich zur Limousine. Auf der Fahrt zum

Flughafen blickten die beiden hauptsächlich auf ihr Handy. Sie beantworteten eine Vielzahl von E-Mails. Für eine gepflegte Unterhaltung blieb deshalb keine Zeit. Erst als sie ihren Sitzplatz im Flugzeug einnahmen, setzte etwas Entspannung ein.

„Was machen die Behörden?", fragte James, als er seine letzte E-Mail verschickt hatte. Mit tief hängenden Augen blickte Arthur ihn an.

„Ich weiß gerade nicht, wo mir der Kopf steht", antwortete er, während er die Zeitung zur Seite legte.

„Mach dir nicht so viele Sorgen. Wird schon alles klappen", beruhigte ihn James, während er es sich bequem machte.

„Eigentlich wollte ich es dir erst nicht sagen, aber ich habe schlechte Nachrichten erhalten", erwiderte Arthur.

„Was ist los?", fragte James.

„Die Gelder sollen anscheinend doch von Schwarzgeldkonten kommen", flüsterte Arthur.

Obwohl James die Nachricht wahrgenommen hatte, musste er sie noch verarbeiten. Als er begriffen hatte, worum es ging, setzte eine paralysierende Wirkung ein. Sein Körper fühlte sich auf einmal so taub an. Nur sein Kopf war noch beweglich.

„Aber du hast doch gestern gesagt, dass alles in Ordnung ist", wandte James ein.

„Das war der aktuelle Stand. Bis jetzt. Der Informationsstand hat sich aber vor einer Stunde geändert. Herr Blank hat anscheinend die Gelder von unterschiedlichen Konten umgeleitet. Dabei sollen auch Gelder von Schwarzgeldkonten sein", erklärte Arthur. „Was glaubst du wohl, warum ich mir in der letzten Stunde die Finger wund getippt habe?"

James blickte auf Arthurs Hände, die in der Zwischenzeit eine Zeitung hielten. Sie waren unruhig. Sie zitterten sogar.

„Ist die Quelle vertrauenswürdig?", fragte James.

„Kann ich erst sagen, wenn ich mir ein Bild von der Lage gemacht habe."

Langsam füllten sich alle Sitze im Flugzeug mit Passagieren. Nur noch wenige Plätze waren frei. Das Gepäck wurde teilweise unter die Sitze gesteckt, da über Kopf kein Platz mehr war.

„Vielleicht haben die im PC nur einen Tippfehler gemacht", meinte James.

„Daran habe ich auch schon gedacht", erwiderte Arthur und blickte nachdenklich auf seine Zeitung.

„Für die Dauer des Fluges können wir sowieso nichts machen", beruhigte ihn James.

Arthur grübelte und fummelte mit der Zeitung herum. Nachdenklich blickte er auf James, dann wieder auf die Zeitung und schlussendlich wieder auf James. „Recht hast du."

Die Stewardess war dabei, die Sicherheitsbestimmungen des Flugzeuges durchzuführen. Manche schenkten ihr Aufmerksamkeit. Die meisten eher nicht. Arthur und James hingegen waren komplett abwesend. Kurze Zeit später hob das Flugzeug ab. Noch beim Start vibrierte James' Handy in seinem Sakko.

„Wenn du in New York bist, dann komm zu meiner Wohnung in Montauk. Gruß, Jeff", stand in der Textnachricht.

Erleichtert steckte James das Handy weg. Vor zwölf Stunden meinte Jeff noch, dass er keine Zeit habe, da er an einem wichtigen Auftrag arbeite. Dieser Auftrag schien sich über Nacht in Luft aufgelöst zu haben.

KAPITEL 17

In New York gelandet nahmen Arthur und James ihre Koffer entgegen und gingen am Taxistand getrennte Wege. James nahm das erste Taxi, das er kriegen konnte, in Richtung Montauk. Das letzte Mal war er diese Strecke vor zehn Jahren gefahren. Abgesehen vom Leuchtturm hatte sich vieles getan. Die Häuser machten einen neueren und besseren Eindruck. Einladend standen sie an den Straßen verteilt.

Vom Leuchtturm aus waren es noch zwei Kurven bis zu Jeff. Das Haus hatte sich in der Zwischenzeit nicht verändert. Die weiße Farbe fing an einigen Stellen an, abzublättern. Der Garten hatte auch schon bessere Zeiten gesehen. Mehr Zuwendung würde den Rosenbüschen sicherlich guttun. Ein Blumenbeet war sogar komplett mit Unkraut bedeckt. Nur das Dach des Hauses machte einen neuwertigen Eindruck. Anscheinend wurde es im letzten Jahr ausgetauscht.

Der Taxifahrer nahm das Gepäck aus dem Kofferraum und stellte es auf die Straße. James gab ihm für die Fahrt ein üppiges Trinkgeld und verabschiedete sich dann. Er schleppte sein Gepäck selbst zur Eingangstür, während sich der Taxifahrer aus dem Staub machte. James legte das Gepäck nicht ab. Mit der Tasche in der rechten Hand hob er den Finger zur Klingel, als die Tür aufging. Es war Jeff, der ihn willkommen hieß. Sein Gesicht war faltig und die weißen Haare bedeckten seine Stirn.

„Komm rein", forderte ihn Jeff mit tiefer Stimme auf.

„Gut, dass du noch Zeit für mich gefunden hast", entgegnete James, als er die Tür hinter sich schloss.

„Die Reise war gut?", fragte Jeff.

„Bin gut durchgekommen", erwiderte James.

„Früher hättest du es auch nur mit einem Fallschirm geschafft. Der Verkehr kann die Hölle sein", erklärte Jeff mit trockenem britischen Humor.

„Der Verkehr war auf meiner Seite", entgegnete James.

„Ein gutes Zeichen", meinte Jeff und drehte sich um seine eigene Achse. Dann zeigte er mit dem Finger auf eine Ecke neben der Tür. „Dort kannst du dein Gepäck lassen und die Kabel nimmst du mit."

James stellte seine Sachen in der Ecke ab und öffnete seinen Koffer, um die Kabel zu holen.

„Wieso hast du plötzlich Zeit?", fragte James, während er seinen Koffer wieder schloss.

„Irgend so ein Kerl ist einfach abgesprungen. Erst flehte er mich an und dann machte er einen Rückzieher. Ich wette, dass der Sack etwas Besseres gefunden hat", erläuterte Jeff aufgebracht. „Aber immerhin habe ich so Zeit für dich."

„Da ist es ja", sagte Jeff, als James ihm das kaputte Kabel zeigte. Jeff nahm das Kabel aus James' Hand und hielt es vor seine Augen.

„Hätte nie gedacht, dass ich so ein Kabel mal wiedersehen würde", meinte Jeff, als er es von allen Seiten begutachtete.

„Kannst du so ein Kabel reparieren?"

„Lass uns erst mal in die Werkstatt gehen", antwortete Jeff, als er mit dem Kabel in der Hand durchs Wohnzimmer ging. Er schob die Terrassentür zur Seite und trat hinaus ins Freie.

„Hast du deine Werkstatt verlegt?", fragte James.

„Es wurde meiner Frau einfach zu laut, weshalb ich mir draußen eine Werkstatt einrichten musste", erklärte Jeff, als er der Terrasse bis hinters Haus folgte.

Einige Meter weiter hinten stand eine weiße Holzhütte, die durch einen gepflasterten Gehweg mit der Terrasse des hinteren Teils des Hauses verbunden war. An der Hütte angekommen tippte Jeff einen Code in einen Ziffernblock neben der Tür. Nach einem kurzem „Klack" öffnete sich die Tür und Jeff schritt mit dem Kabel in der Hand voran.

„Willkommen in meiner Bastelecke", sagte Jeff, als er mit seiner Hand einen Bogen durch den Raum zog. Die Holzhütte war sehr geräumig und hatte noch einen kleinen Dachboden. Einige Kabel hingen davon herunter. Der Platz war knapp bemessen, jede Ritze war mit Kabeln oder elektronischer Ausrüstung vollgestellt. „Es tut mir leid", sagte Jeff.

„Wie bitte?", antwortete James verwirrt, als sich Jeff zu ihm umdrehte und das Kabel auf den Tisch legte.

„Ich habe dir noch keinen Tee angeboten. Du magst doch Tee oder?", fragte Jeff, als er hinüber zum Fenster ging.

„Gerne."

„Ich wusste doch, dass du ein Teeliebhaber bist. Letzte Woche ist ein erstklassiger Earl Grey aus England eingetroffen. Der schmeckt exquisit. Die meisten wissen das aber nicht zu schätzen, weshalb ich denen nur Kaffee anbiete. Natürlich nur den guten alten Filterkaffee", führte Jeff aus, während er eine Kanne heißes Wasser aufsetzte. „Das sind also die Kabel aus Kamerun?"

„Genau. Ein Kollege hat sie mir gegeben, der dort Reparaturen durchführt", erklärte James.

„Verstehe." Jeff spannte ein Kabel in seine Apparatur ein. „So was sieht man nicht allzu oft", meinte Jeff, als er sich zum Bildschirm drehte.

Während die Apparatur rotierte, begab sich Jeff zum Fenster. Er schenkte sich und James eine Tasse Tee ein und ging zurück. Als er James die Tasse überreichte, fing der Bildschirm des Monitors an, grün zu blinken.

„Stimmt etwas nicht?", fragte James.

„Warten wir erst mal ab", antwortete Jeff.

Das Blinken dauerte weitere zehn Sekunden, dann leuchtete der Bildschirm grün auf. Jeff griff sich die Maus und fing an, sich durch die Nummern zu klicken. Es war eine Tabelle mit Namen und Zahlen. Die Begriffe sagten James nichts.

„Du hast Glück", meinte Jeff, als er sich vom Monitor wegdrehte. „Ich habe die gesamte Hardware hier."

„Wie lange brauchst du für die Reparaturen der zwei Kabel?", fragte James neugierig.

„Ist wahrscheinlich dringend. Wie alles, was bei mir landet", entgegnete er und nahm einen kurzen Schluck aus der Tasse. James nickte währenddessen. „Morgen Mittag habe ich alles fertig", erklärte er, als er die Tasse abstellte.

„Ich hole die Kabel dann morgen bei dir ab", sagte James, als er ein Geräusch vom Dachboden hörte, aber es war nur ein Kabel, das durch eine Ritze auf den Gang gefallen war. „Brauchst du das ganze Zeug hier überhaupt?", fragte James.

„Wohl nicht alles, aber man weiß nie, für was es gut sein kann", antwortete Jeff und schritt zu einem Schrank bei der Eingangstür. „Diese Stecker sind dreißig Jahre alt", erklärte Jeff, als er vier Stecker aus dem Schrank nahm. „Wenn ich damals diese Stecker nicht aufbewahrt hätte, dann könnte ich heute dieses Kabel nicht so schnell reparieren." Er legte die Stecker vor James auf den Tisch.

Während James die Stecker betrachtete, trank er seinen Tee aus.

„Kannst du mir ein Taxi bestellen?", fragte James, als er die leere Tasse auf den Tisch stellte. „Ich kenne mich hier in der Gegend nicht aus."

„Am Kühlschrank hängt die Nummer vom Taxiservice", antwortete Jeff.

Nach dem Anruf bei der Taxizentrale erklärte Jeff, was er mit den Kabeln alles machen müsste, damit sie wie neu seien. Im Großen und Ganzen verstand James, was Jeff tat. Bei den Fachbegriffen war er aber raus. Nickend bestätigte er Jeffs Plan und verließ das Haus, als das Taxi vor der Tür stand. Die Sonne hatte sich in der Zwischenzeit hinter einer Wolkenwand versteckt und es zeichnete sich Regen ab.

James gab dem Taxifahrer Direktionen zu seiner Wohnung, als das Gepäck verstaut war. Nach zehn Minuten Fahrt erklärte ihm der Taxifahrer, dass sich die Fahrt um dreißig Minuten verlängern würde. Der Verkehr nahm nicht ab.

Als sie die Queensboro Bridge passierten, klingelte James' Telefon. Verwundert blickte er aufs Display, aber unter dieser Nummer war kein Name hinterlegt.

„Hallo", sagte er, als er zögerlich ‚Annehmen' drückte.

„Warst du schon zu Hause?", fragte ihn Arthur aufgeregt.

„Wieso?", antwortete James irritiert.

„Geh erst mal nicht nach Hause", erklärte Arthur.

„Aber wieso, was ist denn los?", fragte James verwundert.

„Es gibt ein kleines Problem. Genaueres möchte ich dir gerne unter vier Augen sagen", blieb Arthur geheimnisvoll.

„Was für ein Problem meinst du?", forschte James, während er sich ein Ohr zuhielt, um Arthur besser zu verstehen.

„Weißt du, wo Mels Burger Bar ist?", fragte Arthur.

„Meinst du das ehemalige Centurion Diner?", entgegnete James.

„Genau. Schaffst du es in dreißig Minuten dahin?"

James hielt den Hörer zu und fragte den Taxifahrer nach seiner Meinung.

„Sollten wir schaffen", antwortete der Fahrer, während er ein Auge auf der Straße behielt.

„Kriege ich hin", erklärte James.

„Beeil dich", schloss Arthur und legte auf.

Was hat er bloß?, dachte James, als er das Handy zurück in sein Sakko steckte. Wahrscheinlich ging es um die Transaktion. Aber warum er nicht zurück in seine Wohnung durfte, wunderte ihn doch sehr. Langsam, aber stetig fuhr das Taxi zum Broadway in Upper Manhattan.

Hoffentlich lassen uns die Beamten in Ruhe. Ansonsten wird es unangenehm, dachte James, als er Manhattan auf sich zukommen sah. Dort hörte der Regen schlagartig auf. Auch der Verkehr schien sich zu verbessern. Fünf Minuten später stand das Taxi vor der Burger Bar. James bezahlte und ging hinein. Er warf einen kurzen Blick durch den Raum und sah Arthur in der hintersten Ecke allein sitzen.

„Was ist denn los?", fragte James, als er am Tisch Platz nahm.

„Hier können wir nicht reden, wir werden verfolgt", erklärte Arthur.

„Sind dir Finanzbeamte auf den Fersen?"

„Die glauben, dass wir ein großes Ding drehen", flüsterte Arthur James zu. „Draußen steht ein Ford. Der hat mich schon bis hierher verfolgt. Mir schmeckt es nicht, wenn ich beim Essen beschattet werde", fluchte Arthur und stand auf. „Worauf wartest du noch?", brummte Arthur, als er sich vom Tisch entfernte. Arthur kam zurück, nahm den Koffer von James und begab sich erneut zum Ausgang.

Während sie langsam zur Metro schritten, erklärte Arthur: „Dreh dich nicht um. Hinten links steht der Wagen."

Unauffällig drehte sich James um, um einen Blick auf die Verfolger zu werfen. Ihm fiel ein dunkelblauer Ford auf. Das Fahrzeug weckte eine Erinnerung in ihm. Nur konnte er sie nicht zuordnen.

„Ich glaube, dass ich den Ford schon mal gesehen habe", meinte James, während er Arthur mit seiner Tasche folgte.

„Was?", fragte Arthur und erhöhte sein Tempo.

Auf dem halben Weg zur Metro blickte James erneut nach hinten und sah, wie einer aus dem Ford ausstieg und sich ebenfalls auf den Weg zur Metro machte.

„Einer ist gerade aus dem Ford ausgestiegen", informierte James, als sie die erste Stufe zur Metro hinabstiegen.

„Verdammt. Die Metro kommt gleich", drängte Arthur, während er die Treppe hinuntereilte. James blieb ihm dicht auf den Fersen. „Schneller. Die Türen gehen gleich zu", drängte Arthur, als er mit James' Trolley auf die Tür zurannte. Zum Glück hatten die beiden eine gewisse Grundfitness, ansonsten hätten sie die Metro verpasst. Arthur nutzte den Schwung des Koffers, um kurz vor Schließung der Türen in die Metro zu springen. Ein Bruchteil später und die Tür wäre zu gewesen. „War knapper, als ich gedacht habe", befand Arthur und holte tief Luft.

„Einen solchen Sprint habe ich seit der Uni nicht mehr gemacht", meinte James, als er sich an seinen Oberschenkeln abstützte.

„Ich hätte nicht gedacht, dass die Metroapp so präzise ist. Eine Sekunde später und der Kerl hätte uns gehabt", sagte Arthur, als er zu James hinüberblickte.

Als die Metro Fahrt aufnahm, stand der Verfolger auf der Plattform. Er versuchte, der Metro nachzulaufen, hörte aber nach sechs Schritten auf.

„Da drüben ist er", rief James und zeigte auf den Verfolger in Bomberjacke mit lockigen braunen Haaren.

„Das ist der Kerl", bestätigte Arthur, nachdem er ihn durch die Scheibe erkannt hatte.

„Was hat diese Verfolgung auf sich?", fragte James.

„Ich sage dir alles, sobald wir an einem sicheren Ort angekommen sind", antwortete Arthur und blickte auf seine Metroapp.

Beide stiegen in Columbus Circle um und nahmen die Route 2 in Richtung Central Park North. James hielt während der Fahrt Ausschau nach Verfolgern. Sein Puls beruhigte sich kaum. Am Ziel angekommen verließ Arthur als Erster die Metro und lief hastig durch den Untergrund. Er nahm den ersten Ausgang Richtung Lenox Avenue und schritt die Treppe hinauf. James blieb ihm dabei dicht auf den Fersen. Obwohl er nur die Tasche schleppte, war Arthur trotzdem schneller.

„Da ist es auch schon", rief Arthur und überquerte die Straße. Ohne auf James zu warten, begab er sich ins Innere des Cafés Kleine Bohne. Schnell eilte er zu einem Tisch in der Mitte des Raumes. Hinter dem Tisch war eine Blumenwand eingebettet und teilte so den Raum in zwei Hälften.

„Was machen wir hier?", fragte James, als er neben Arthur am Tisch stand. Seine Tasche schwang noch, als ihn Arthur an der Schulter antippte.

„Setz dich dorthin", antwortete Arthur und zeigte auf den Platz am Ende des Tisches, der zwischen Kasse und Tisch lag.

Ohne etwas zu beanstanden, nahm James Platz. Eine Sekunde später war Arthur unter dem Tisch verschwunden. James bemerkte, wie Arthur von einer Seite zur anderen kroch. Dann wackelte die Tischplatte. Langsam fuhr sich James mit seiner rechten Hand über den Nacken, während er sich gleichzeitig in Richtung Kasse drehte. Eine Kellnerin hatte gerade die Theke verlassen und ging zu ihnen hinüber.

„Die Bedienung kommt", flüsterte James leise, während er seinen Kopf umdrehte. Das Tischrütteln hörte aber nicht auf.

„Haben Sie sich schon entschieden?", fragte die Bedienung, als sie ihren Block aus der Schürze nahm.

„Ich nehme einen Kaffee", hallte es unter dem Tisch hervor.

„Für mich eine Cola", antwortete James. „Mit Eis. Viel Eis."

Während die Bedienung die Bestellung notierte, blickte sie argwöhnisch auf den Tisch.

„Mein Freund hat etwas auf dem Boden verloren", erklärte James, als er die hochgezogenen Augenbrauen der Bedienung bemerkte.

„Endlich", seufzte Arthur, als er seinen Kopf emporstreckte. Er war noch nicht ganz aufgestanden, da legte er einen Stift auf den Tisch. Als er sich hinsetzte, eine Mappe.

„Mir liegt sehr viel an diesem Stift. Mein Großvater hat ihn mir geschenkt", erläuterte Arthur und zeigte auf den schwarzen Füllfederhalter neben der Mappe.

„Gut, dass Sie ihn wiedergefunden haben", freute sich die Kellnerin mit einem Lächeln und begab sich zurück zur Theke.

„Was hast du da unten so lange gemacht? Bist du komplett irre geworden? Ich hatte das Gefühl, dass die gleich die Polizei ruft", flüsterte James verärgert.

„Was soll ich denn machen? Ich bin mit meinem Sakko an irgendetwas hängen geblieben", flüsterte Arthur aufgebracht zurück. „Keine Ahnung, wer dieses verfluchte Ding zusammengeschraubt hat, aber zwei linke Hände muss der Kerl gehabt haben." Arthur nahm seinen Ellenbogen hoch und zeigte James das Loch im Sakko. James rollte nur mit den Augen. Dann warf er einen Blick auf die Mappe.

„Ist das der Grund?", fragte James.

„Genau", antwortete Arthur, als er seine rechte Hand darauf legte. Er warf einen prüfenden Blick zur Tür und schlug die Mappe auf. „Habe ich es doch geahnt", bemerkte Arthur und schob die offene Mappe hinüber zu James. Die Spalten voller Namen und Zahlen sagten James rein gar nichts. Verdutzt blickte er Arthur an.

„Schau dir mal die rechte Spalte an", forderte ihn Arthur auf und zeigte mit dem Finger auf eine neunstellige Banknummer.

„Die sind alle gleich", erklärte James.

„Alle unsere Gelder stammen von demselben Konto", bestätigte Arthur. Dann kramte er ein weiteres Dokument aus der Mappe. „Jetzt sieh dir mal dieses Dokument an."

„Diese Kontonummer ist ganz anders", erkannte James, während er mit seinem Finger die Spalte hinunterglitt.

„Das ist der Punkt", bestätigte Arthur mit leuchtenden Augen.

„Könntest du mich bitte aufklären?", fragte James.

„Das Geld, das wir für die Stabilisierung des kamerunischen Staatshaushalts benötigen, kommt von diesen Konten. Diese gesamten Gelder sind alle absolut seriös", erklärte Arthur.

„Und wo liegt jetzt das Problem?", fragte James verwundert. „Die Zahlen tragen nicht gerade zum Verständnis bei."

„Warte", sagte Arthur und zeigte auf das Dokument mit den unterschiedlichen neunstelligen Kontonummern. „Die seriösen Gelder wurden vom Originalkonto abgezweigt und auf Schwarzgeldkonten gebucht. Zu einem späteren Zeitpunkt sollten dann die Gelder von den Schwarzgeldkonten auf unserem Konto landen. Aber die Sache ist aufgeflogen."

Arthur legte die beiden Dokumente nebeneinander und glitt mit den Fingern gleichzeitig die Spalten hinunter.

„Du willst mir doch nicht erzählen, dass jemand versucht, uns etwas anzuhängen?", wandte James ein.

„Das Beste kommt noch", erklärte Arthur, als er die Dokumente in seine Mappe einsortierte. „Die Gelder wurden nicht auf irgendwelchen Konten gelagert, sondern auf Konten der Mafia." Arthur lehnte sich zu James hinüber und flüsterte ihm leise zu: „Ich habe von meinem Informanten erfahren, dass diese Razzia schon länger geplant war."

„Irgendjemand versucht, uns das Leben schwer zu machen", erwiderte James aufgebracht. „Als ob wir nicht schon genug Probleme hätten."

„Mein Informant hat mir heute Morgen alles erzählt, aber ohne Beweise wollte ich ihm nicht glauben", ergänzte Arthur und klopfte auf die Mappe. „Erst jetzt ist mir klar, dass er recht hatte."

Nicht nur, dass Kamerun die Sprengsätze rechtzeitig loswerden musste. Zusätzlich wollten noch irgendwelche Mafiosi eine schnelle Münze machen.

Stumm blickte James die Mappe an. Seine Augen hätten ein Loch in die Unterlagen brennen können. Erst als die Bedienung mit den Getränken kam, lockerte er sich. Als sie kehrtmachte, griff er nach der Cola. Der kühle Schluck erfrischte ihn. Nun fühlte er sich wieder klar bei Verstand.

„Können wir mithilfe dieser Unterlagen die Gelder nicht freischalten lassen?", fragte James, als er sein Glas abstellte.

„Ich habe mir schon Gedanken gemacht, wie wir das Problem am besten angehen. Ich versuche gerade, herauszufinden, wem wir bei der Weissmann Bank die Informationen zukommen lassen können. Sobald ich Genaueres weiß, werde ich die nötigen Schritte einleiten", antwortete Arthur und nahm einen Schluck Kaffee.

„Wenn wir den Behörden erklären können, dass es sich um eine Fehlbuchung handelt, dann sind wir aus der Sache raus", meinte James.

„Der Kerl, der uns bei der Metro verfolgt hat, war garantiert von der Steuerfahndung oder dem FBI", sagte Arthur. „Wir müssen vorsichtig bleiben, ansonsten ist alles für die Katz."

„Was sollen wir sonst machen? Viel Zeit haben wir nicht", entgegnete James und trank seine Cola aus.

„Mir fallen nur zwei Möglichkeiten ein, wie wir das Problem aus der Welt schaffen können", antwortete Arthur.

„Was ist die beste Option? Für Nummer zwei haben wir sowieso keine Zeit", antwortete James.

Arthur stützte sich mit beiden Armen auf den Tisch und holte tief Luft. „Wir müssen die Information der Steuerfahndung übergeben", erklärte er. Dann lehnte er sich zurück in seinen Stuhl.

„Können wir denn überhaupt die Information per Post schicken, ohne dass wir auffliegen?", fragte James.

„Wenn es nur das wäre. Wir brauchen einen guten Mittelsmann. Die dürfen nicht erfahren, dass wir ihnen die Informationen übermittelt haben", antwortete Arthur.

„Kennst du jemanden, der sich für diese Aufgabe eignet?", fragte James.

„Ich habe noch jemanden, der mir etwas schuldig ist."

„Kann ich dir dabei helfen?"

„Diese Sache muss ich allein regeln", antwortete Arthur, packte seine Mappe zusammen und trank den Rest seines Kaffees aus. „Wir sollten jetzt lieber gehen", erklärte Arthur, als er aufstand.

James schob sich am Tisch vorbei und begab sich mit Arthur zusammen zur Tür. An der Theke angekommen zahlte Arthur die Rechnung mit seinem restlichen Kleingeld aus der Hosentasche und schritt dann nach draußen. Als James neben ihm im Tageslicht stand, drehte sich Arthur langsam um.

„Ich versuche jetzt, die Informationen an die Behörden zu leiten. Du solltest in der Zwischenzeit dein Zuhause meiden. Ansonsten kann es sein, dass du Schwierigkeiten bekommst", warnte Arthur und verabschiedete sich. Mit langsamen Schritten ging er zur Straße. Erst als er ein freies Taxi erblickte, nahm er Geschwindigkeit auf.

„Melde dich, wenn du mit allem durch bist", rief ihm James nach. Als er James' Worte hörte, hob er verstehend beim Einsteigen die Hand. Dann knallte er die Tür zu und war nicht mehr zu sehen.

Nun stand James allein vorm Café. Er eilte hinunter zur Metro, um sich auf den Weg zum Hotel in der Nähe des Flughafens zu machen. Nach einigen Schritten in Richtung der Metro fing sein Handy an, zu klingen. Reflexartig griff er danach.

„Was gibts?", fragte James.

„Gut, dass ich dich erreiche. Ich habe eine gute und eine schlechte Nachricht", antwortete Eddi.

Verwundert bog James rechts in eine Seitenstraße, um dem Lärm der Menschenmassen zu entkommen.

„Was ist die gute Nachricht?", fragte James.

„Ich habe jetzt alle Tests an der Bombe abgeschlossen und abgesehen von der Elektronik ist alles einwandfrei", antwortete Eddi.

„Und die schlechte?", fragte James.

„Nach genauerem Hinsehen ist mir aufgefallen, dass nicht nur die zwei Kabel einen Wackelkontakt haben. Auch der Schaltkreis ist dahin. Wir benötigen eine neue Platine, um das Ganze zu überbrücken, ansonsten kann es zu Fehlsteuerungen kommen, und du weißt, was das bedeutet", antwortete Eddi.

„Was für eine Platine benötigen wir?", fragte James.

„Wir benötigen eine Universal C-19-Platine."

„Ein C-19-Schaltkreis ist nicht gerade einfach, zu bekommen", entgegnete James.

„In Kamerun gibt es das garantiert nicht. Aber du hast doch früher mit so was gearbeitet. Vielleicht hat irgendjemand in New York so ein Teil herumliegen", meinte Eddi.

James hatte früher oft mit diesen Platinen gearbeitet. Er hatte in den Achtzigern sogar damit einen ferngesteuerten Rennwagen gebaut.

„Ich habe noch welche zu Hause", sagte James. „Leider könnte die Beschaffung etwas schwerer werden."

„Was meinst du mit schwerer?", fragte Eddi.

James erklärte Eddi, dass US-Beamte ihn gerade verfolgten. Mit großer Wahrscheinlichkeit würden diese auch seine Wohnung beschatten, weshalb die Situation wohlüberlegt sein musste. James war nicht einmal halb mit der Erklärung durch, da wurde Eddi unruhig.

„Fällt dir noch eine weitere Möglichkeit ein, um an eine C-19-Platine zu gelangen?", fragte er.

„Leider nein", erwiderte James.

„Knie dich rein. Jetzt liegt es an dir", forderte Eddi ihn auf.

„Geht klar", gab James zurück und legte auf.

James steckte das Handy weg. Er überlegte krampfhaft, ob er Arthurs Warnung unbeachtet lassen sollte. Mehrfach rang er deshalb mit sich. Zweimal drehte er sich zur Wand und trat sogar dagegen, dann hatte er sich entschieden. Er würde seine Wohnung aufsuchen. Voller Überzeugung, das Richtige zu tun, verließ er die Nebenstraße und machte sich mit seinem Gepäck auf den Weg.

KAPITEL 18

James stieg zweihundert Meter entfernt von seiner Wohnung aus. Er wollte sich zu Fuß zum Hintereingang schleichen. Als er zu seiner Wohnung schritt, drehte er sich mehrfach um. Der Koffer und seine Aktentasche schwangen dabei jedes Mal mit. Er versuchte, die Drehung langsam und leicht aussehen zu lassen, aber es gelang ihm meistens nicht. Zu sehr fühlte er sich beschattet. Der Wind blies ihm dabei ständig in den Nacken.

Er schien Glück zu haben. An der Seitenstraße zum Hintereingang war kein Mensch zu sehen. Als er in die Straße einbog, warf er einen zögerlichen Blick über die Schulter. Die Luft war rein. Vorsichtig schlenderte James zum Hintereingang. Ohne auch nur einen weiteren Blick zu verschwenden, nahm James den Schlüssel aus seiner Sakkotasche und steckte ihn ins Schloss, aber der Schlüssel bewegte sich nicht. Die Tür schien zu klemmen. James drückte gegen die Tür, bis er den Schlüssel umdrehen konnte. Als er die Tür halb offen hatte, fing sie an, zu quietschen. James stoppte. Er prüfte die Maße der Öffnung und schob erst seinen Koffer und dann die Tasche durch den Spalt. Anschließend atmete er langsam aus und drückte sich durch den Spalt ins Innere.

Zehn Meter ging er den Korridor entlang, bis er die Tür zur Lobby erblickte. Zaghaft öffnete er die Tür einen winzigen Spalt und überprüfte die Lage. Weit und breit war kein Verdächtiger zu sehen. Langsam begab er sich zum Treppenhaus und eilte dann die Treppen hoch zu seinem Apartment. In der Wohnung zog es ihn sofort zum Fenster. Er blickte auf die Straße, aber auch hier war nichts Verdächtiges zu sehen. Er schmiss seine Aktentasche und den Koffer aufs Sofa und ging hinüber ins Arbeitszimmer. Auf Zehenspitzen schaffte er es, den Karton auf dem Schrank zu erreichen. Mit dem Mittel- und Zeigefinger zog er diesen langsam herunter, bis er in seine Arme fiel.

Zwar hatte er seit zehn Jahren nicht mehr mit den Platinen gearbeitet, aber zu sehr hatten sie seinen Werdegang geprägt, weshalb er sich nicht von ihnen hatte trennen können. Er schob sein Notebook zur Seite, um Platz für den Karton zu schaffen. Er öffnete den Karton und fing an, zu wühlen. Im Handumdrehen hatte er eine Box mit C-19-Platinen in der Hand.

Die restlichen Überbleibsel räumte er zurück in den Karton und stellte ihn auf den Schrank. Er nahm die Box in die Hand und ging ins Wohnzimmer. Dort legte er sie auf den Tisch und schob den Vorhang am Fenster zur Seite. James scannte die linke Straßenseite nach verdächtigen Personen ab. Als er nichts Auffälliges bemerkte, schwenkte er seinen Blick auf die rechte Straßenseite. Sein Herz begann, wild zu schlagen, als er einen dunkelblauen Ford erspähte. Seine Augen fingen an, zu zucken, und ein kalter Schauer lief ihm den Rücken hinunter. Mehrfach fuhr er mit der Hand durchs Gesicht. Erneut überflogen seine Augen die Straße, aber der Kerl mit den lockigen Haaren war nicht zu sehen. James schob den Vorhang ein weiteres Stück zur Seite. Jetzt konnte er den ganzen Bürgersteig erkennen, aber es war nichts Auffälliges zu sehen. James eilte zum nächsten Fenster, um einen Blick auf den Eingangsbereich zu bekommen.

Tatsächlich, die Person, die ihm bis in die Metro gefolgt war, stand vorm Haupteingang und unterhielt sich mit einem Mann in sportlicher Kleidung und blonden Haaren.

James verlor keine Zeit. Er wandte sich zur Tür, steckte die Platinen in seine Aktentasche und lief mit seinem Gepäck die Treppe hinunter. Er kreuzte die Lobby und öffnete die Korridortür, dabei drehte er sich nicht einmal um. Er war dabei, die Tür hinter sich zu schließen, da vernahm er zwei männliche Stimmen.

„Sag mal, Gustav", sprach eine Stimme.

„Was ist Mat?", fragte Gustav.

„Glaubst du, dass der hier überhaupt noch auftauchen wird? So wie die beiden zur Metro gerannt sind, kann ich mir das nicht vorstellen", lispelte Mat.

„Du magst recht haben, aber Befehl ist nun mal Befehl. Abgesehen davon kann man nie vorsichtig genug sein", antwortete Gustav. „Ich nehme den Fahrstuhl. Du kannst ruhig die Treppe nehmen."

„Bis gleich", verabschiedete sich Mat.

Mit einer Hand am Türgriff lauschte er den Stimmen. Als sich die Fahrstuhltür schloss, rutschte ihm seine Aktentasche aus der Hand. Seine schwitzigen Hände konnten das Leder nicht mehr halten. James konnte den Prall mit seinem rechten Fuß gerade noch dämpfen, sodass nur ein leiser dumpfer Aufprall zu hören war. Gebannt lauschte er den Treppenschritten. Keine Verlangsamung war zu verzeichnen. Als James nichts mehr hörte, schloss er die Tür hinter sich und begab sich mit seiner Aktentasche und dem Koffer zum Hinterausgang. Er öffnete die Tür einen Spalt, schob dann vorsichtig seinen Koffer durch und danach die Aktentasche, ehe er sich durchzwängte.

Als ob nichts gewesen wäre, schritt er zur Kreuzung, um ein Taxi zu rufen. Seine Aktentasche hatte er dabei fest in der Hand.

Auf dem Weg zum Hotel musste James an Arthur denken.

KAPITEL 19

Im Hotelzimmer legte James sein Gepäck zuerst aufs Bett, dann erst zog er sein Sakko aus. Er breitete die drei Platinen auf seinem Bett aus und untersuchte sie. Mehrfach drehte er sie um und verglich sie. Akribisch wiederholte er diesen Prozess dreimal, bis er jeden Zweifel aus dem Weg geräumt hatte. Alle C-19-Platinen machten einen tadellosen Eindruck. Er räumte alle zurück in den Karton und stopfte diesen ins Handgepäck. Er setzte sich auf den Hotelstuhl und blickte auf seine Aktentasche, als sein Handy im Sakko klingelte. Er rannte hinüber und tastete die Taschen ab. Ein kurzer Blick aufs Handy und er nahm ab.

„Wie gehts?", fragte James hastig.

„Den Umständen entsprechend gut", antwortete Arthur.

„Was machen die Unterlagen?"

„Sind übermittelt."

„Dann heißt es wohl warten?", sagte James, während er ein Flugzeug bei der Landung beobachtete.

„Ich hoffe, dass ich morgen eine Rückmeldung erhalte", antwortete Arthur. „Konntest du deine Sachen erledigen?"

„Ja", antwortete James, als er sich auf einen Stuhl am Fenster setzte.

„Warst du in deiner Wohnung?"

„Wieso sollte ich?"

„Du warst also in deiner Wohnung?", hakte Arthur nach.

„Woanders hätte ich die Ausrüstung nicht so schnell bekommen", erklärte James.

„Wurde die Wohnung überwacht?"

„In der Wohnung konnte ich die Platinen gerade noch greifen, dann tauchten der Verfolger von der Metro und ein Komplize auf."

„Wie sah der andere aus?"

„Sportlich, mit blonden Haaren."

„Die beiden habe ich heute bei der Weissmann-Bank gesehen. Als ich das Gebäude verlassen wollte, standen sie in der Lobby", berichtete Arthur. „Besuch lieber nicht noch einmal deine Wohnung. Die werden die Überwachung jetzt verschärfen."

„Ich habe alles, was ich brauche", erklärte James.

„Ihr Physiker werdet mir ewig ein Rätsel bleiben", stöhnte Arthur.

„Solange die Antwort absolut ist", erwiderte James.

„Lass dich nicht erwischen", entgegnete Arthur und legte auf.

James stand vom Stuhl auf und blickte aus dem Fenster. Er machte sich Sorgen, ob er morgen überhaupt New York per Flugzeug verlassen könnte. Wenn die Behörden so sehr an ihm interessiert waren, dann hätte es sich mit der Ausreise. Er machte einen Schritt auf die Minibar zu. Ein kurzer Blick reichte, dann knallte er die Tür zu. Das Sortiment bot keinen Martini.

Der Knall der Tür brachte den Spiegel zum Vibrieren. Dann begann sein Handy zu klingeln. James zog das Handy aus der Hosentasche. Es war eine ausländische Nummer.

„James am Apparat", meldete er sich, als er den Anruf entgegennahm.

„Eddi hier", flüsterte Eddi. „Der Wachmann ist gerade zur Tür raus. Ich habe nicht viel Zeit."

„Wovon redest du?", fragte James und ließ sich aufs Bett fallen.

„Vor einer Stunde sind hier vier Wachmänner aufgetaucht und meinten, dass ich nichts mehr anfassen darf."

„Wieso?"

„Wenn ich das wüsste, würde ich nicht anrufen", antwortete Eddi nervös.

Verwundert blickte James auf den Boden und fasste sich mit der linken Hand an den Kopf. „Bleib, wo du bist. Ich kümmere mich um die Angelegenheit", erklärte James, nahm das Handy vom Ohr und durchsuchte seine Kontakte nach Arthurs Nummer. „Ich rufe dich gleich zurück", fügte James hinzu und legte auf. Im Anschluss wählte er sofort

Arthurs Nummer. „Geh schon ran", murmelte James vor sich hin, während das Telefon klingelte.

Es klingelte und klingelte, aber keiner antwortete. James legte auf und versuchte es erneut. Diesmal ging er mit dem Handy in der Hand im Zimmer auf und ab. Erneut nahm Arthur nicht ab. Schweiß lief seine Stirn herunter. Der Kragen fühlte sich auf einmal so eng an. Mit dem Finger lockerte er den dritten Knopf. Er schob den Kragen zur Seite, legte das Handy auf den Tisch und setzte sich auf den Stuhl daneben. Sein Blick blieb starr auf das Handy gerichtet. Nur einmal blickte er nach draußen, als ein Flugzeug die Landebahn ansteuerte. Eine Minute gab er Arthur Zeit, sich zu melden, ansonsten würde er es erneut probieren. Als James zum Handy griff, um Arthurs Nummer zu wählen, vibrierte das Handy auf dem Tisch. Langsam schob es sich zu ihm hinüber. Nach einer kurzen Zeit der Ablenkung griff James zu.

„Ich habe eine wichtige Frage", begann er.

„Erzähl", forderte Arthur ihn auf.

„Eddi darf keine weiteren Untersuchungen durchführen. Weißt du, warum?" Die fünf Sekunden Stille am Telefon fühlten sich wie eine Ewigkeit an.

„Nein", antwortete Arthur. „Worum geht es überhaupt?"

„Soldaten haben Eddi verboten, weiter an den Sprengsätzen zu arbeiten."

„Ist Kayan informiert?"

„Du bist der Erste, dem ich davon erzähle", fuhr James fort.

„Ich regele die Angelegenheit", antwortete Arthur und legte auf.

James ließ das Handy auf den Tisch fallen und hielt sich die Hände an den Kopf. Die gesamte Situation überstieg seine Vorstellungskraft. Warum sollten Soldaten Eddi die Untersuchungen an den Sprengsätzen verbieten? Er rieb sich das Gesicht und starrte gebannt auf das Handy.

Für die nächsten sieben Minuten wich er nicht von seinem Platz. Sein Interesse galt nur dem Handy und dem braunen Tisch, auf dem es lag. Aus dem Nichts vibrierte das Handy. James schnappte zu.

„Und?", fragte er.

„Ich weiß nicht, was mit Eddi los ist, aber ich habe schlechte Nachrichten, was Kayan angeht", antwortete Arthur.

„Was ist mit ihm?", fragte James hastig.

„Er befindet sich gerade auf der Intensivstation", antwortete Arthur, gefolgt von Schweigen. James überkam ein Gefühl der Leere. Dann setzte ein leichter Schwindel ein. Er konnte sich kaum auf dem Stuhl halten. Sogar seine Glieder fühlten sich schwer an. Er hatte Schwierigkeiten, sein Handy in der Hand zu halten. James stützte sich mit der linken Hand an der Stuhllehne ab, um seinen Körper durchzustrecken.

„Woher weißt du das?"

„Von seinem Sekretär", antwortete Arthur. „Es ist ernst. Sehr ernst, hat er mir berichtet."

Verdammt, dachte James. Kayan hatte James im Briefverkehr über die letzten zwei Jahre zwar mitgeteilt, dass er krank sei. Wie schwer es aber war, hatte er in den Mitteilungen verschwiegen.

„Wenn ich es schaffe, besuche ich ihn morgen im Krankenhaus", versprach James und schöpfte neue Hoffnung. Noch war nichts zu spät.

„Außerdem muss ich mich morgen mit Finanzbeamten treffen. Zeitlich werde ich sehr eingebunden sein", erklärte Arthur.

„Eine andere Möglichkeit gibt es nicht?", fragte James.

„Die machen nichts mehr, solange sie nicht mit mir gesprochen haben."

„Lass dich nicht kleinkriegen. Ich kümmere mich um Kayan", sagte James und verabschiedete sich. Mit zwei kurzen Bewegungen hatte er Eddis Nummer ausgewählt. Er ließ es klingeln, aber keiner nahm ab. Zwei Minuten wartete er, bevor er es erneut versuchte. Auch diesmal hatte er keinen Erfolg. Während er eine erneute Wartepause einlegte, erhielt er eine Textnachricht von Eddi. „Ich rufe dich gleich vom Klo an."

James wartete ab. Mit einem festen Griff hielt er das Handy in der Hand. Was sollte er ihm sagen? Er dachte über die richtigen Worte nach. Mehrere Szenarien gingen ihm durch den Kopf. Sollte er sich etwas ausdenken oder die Wahrheit sagen? Vielleicht war der Mittelweg angebracht. Während er sich mit den Gedanken beschäftigte, vibrierte es in seiner Hand.

„Kannst du mich hören?", flüsterte Eddi.

„Ja."

„Ich bin in einem neuen Gebäude. Die lassen mich weder zu den Sprengsätzen noch sonst etwas machen", erklärte Eddi. „Was zum Teufel ist hier los?" Eddis Stimme hallte kurz auf, dann aber ging sie wieder in den Flüstermodus über.

„Ich kann dir momentan auch nichts Genaues sagen, außer dass sich Kayan auf der Intensivstation befindet", antwortete James. „Morgen bin ich wieder in Kamerun, dann besuche ich Kayan. Die Angelegenheit ist garantiert nur ein Missverständnis."

Eddi schnaufte tief am Ende des Telefons. Er räusperte sich kurz und flüsterte dann: „Warum muss der Kerl ausgerechnet jetzt im Krankenhaus liegen?" Im Hintergrund konnte James Schritte hören. Sie wurden lauter. Eine Tür quietschte, dann waren die Schritte nicht mehr zu überhören. „Wir sprechen uns morgen wieder", sagte Eddi und legte auf.

Mit dem Handy in der Hand blickte James die Decke an. Er fing an, zu grübeln. Die Angelegenheit verlangte äußerste Aufmerksamkeit. Alles, was er noch aus den USA benötigte, waren die Kabel von Jeff. Aber Kamerun war eine andere Angelegenheit. Er kannte sich dort nicht aus. Eine Kontaktperson würde ihm die Arbeit erleichtern. James bat Arthur per Textnachricht um Hilfe. Mit seiner Vernetzung sollte es ein Leichtes sein, ihm eine fähige Kraft zur Seite zu stellen.

Eine Stunde später erhielt er die Antwort. „Ich habe alles veranlasst. Aleeke Soyinken wird dich am Flughafen abholen. Er ist ein enger Vertrauter von Kayan und bestens informiert."

Erleichtert lehnte James sich in seinem Stuhl zurück.

KAPITEL 20

Der Flughafen rief ein unbehagliches Gefühl bei James hervor. Die Frage, ob er überhaupt ausreisen durfte, machte ihm in der Schlange zum Check-in zu schaffen. Er versuchte, sich nichts anmerken zu lassen, aber die Nervosität stand ihm ins Gesicht geschrieben. Als nur noch drei Personen vor ihm in der Reihe standen, griff er zu einer Atemtechnik, die er beim Laufen in der Highschool gelernt hatte. Er atmete tief durch die Nase und ließ die verbrauchte Luft durch den Mund entweichen. Nach fünf Atemzügen hatte er es geschafft, seine Aufregung in den Griff zu bekommen.

Beinahe hätte ihm Jeff die Kabel nicht geben können. James hatte schon überlegt, den Flug zu verschieben. Zum Glück war der Abflug erst um 20:00 Uhr. Während James auf Jeff wartete, hatte er den Kundendienst von Delta Airlines aufgesucht, um zur Not eine Umbuchung in Auftrag zu geben.

Mit vier Stunden Verspätung hatte es Jeff schlussendlich doch noch geschafft, ihm die Kabel siebzig Minuten vor Abflug zu geben. Er habe den Verkehr unterschätzt, erklärte er James, und machte sich so schnell, wie er gekommen war, wieder aus dem Staub.

Als die Dame am Check-in nach seinem Ausweis fragte, gab James seinen Reisepass nur zögerlich her. Er hatte sich aber umsonst Sorgen gemacht. Die Frau machte nicht mal einen prüfenden Blick. Im Handumdrehen hatte er den Ausweis auf seiner Seite liegen. Ohne lange zu zögern, steckte er ihn in sein Sakko.

Mittlerweile war es Samstag Morgen. Er war die ganze Nacht durchgeflogen. Sogar etwas Schlaf kam ihm dabei zugute. Nun stand er am Rollband und wartete auf seinen Koffer. Viel Zeit verblieb nicht mehr, um die finanzielle Lage für Kamerun zu sichern. Aber sollte Arthur das Problem nicht in den Griff bekommen, dann schaffte es keiner mehr.

Eddi verblieb nach wie vor in Haft. James hatte während der Landung und erneut bei der Gepäckannahme auf sein Handy geschaut, aber es waren keine neuen Nachrichten eingetroffen.

James nahm seinen Koffer vom Band und ging zusammen mit seiner schwarzen Aktentasche durch den Zoll. Nirgends war ein Beamter zu sehen. Langsam schritt er durch die Doppeltür. Während sich diese wieder hinter ihm schloss, suchte er seinen Namen vergebens auf einem Schild. Erst als sich eine Großfamilie mit Gepäck an ihm vorbeizwängte, nahm er erneut Geschwindigkeit auf. In der Schrittgeschwindigkeit der Massen bog er rechts ab und stellte sein Gepäck neben ein Schuhgeschäft, dann überflog er erneut die Schilder.

„Guten Tag, Herr Offenbach. Gestatten Sie, wenn ich mich vorstelle?", ertönte eine gelassene Stimme von rechts.

James drehte sich um und sah dort einen Kameruner Mitte dreißig mit kurzen Haaren in einem anthrazitfarbenen Anzug mit roter Krawatte. Sein Gesicht war jung und dynamisch. Bestätigend nickte James. Der Name stimmte, aber ein Foto von Aleeke hatte ihm Arthur nicht geschickt.

„Mein Name ist Aleeke Soyinken", stellte sich der Mann mit der roten Krawatte vor.

„Bitte verzeihen Sie, wenn ich Sie überrumpelt habe." „Schon gut. Ich bin davon ausgegangen, dass Sie mit einem Schild auf mich warten", erwiderte James.

„Aus sicherheitstechnischen Gründen habe ich diese Vorkehrung unterlassen", erklärte Aleeke und blickte auf James' Gepäck. „Sind das alle ihre Gepäckstücke?", fragte er.

„Genau", antwortete James.

„Wir haben nicht viel Zeit", sagte er und nahm sich den Koffer. „Folgen Sie mir bitte. Das Auto steht gleich dahinten."

Die Geschwindigkeit, die Aleeke vorlegte, war erstaunlich. James hatte Schwierigkeiten, mitzuhalten. Er sprintete förmlich den rechten Gang entlang und bog dann links durch eine Doppeltür nach draußen auf die Straße. Aleeke warf einen Blick auf den Verkehr und überquerte die Straße. Er steuerte direkt auf einen schwarzen Mercedes zu.

„Ein Ersatzwagen des Präsidenten für zivile Angelegenheiten", erklärte Aleeke, während James sich die C-Klasse ansah.

Aleeke packte den Koffer in den Kofferraum und schritt dann zur Fahrerseite.

Die Innenausstattung ließ nichts zu wünschen übrig. Wie bei der Präsidentenlimousine war hier alles vorhanden, selbst ein goldener Gaszigarettenanzünder gehörte zum Sortiment. James konnte sich noch anschnallen, da trat Aleeke schon aufs Gas.

„Kein Chauffeur?", fragte James, als der Flughafen hinter den Bäumen verschwand.

„Leider nein", antwortete Aleeke, während er James im Rückspiegel ansah.

„Gibt es etwas Wichtiges, was ich wissen sollte?"

Aleekes Blick richtete sich auf die Straße. Er drückte sich in den Sitz und atmete tief durch.

„Die Situation ist verdammt angespannt. Seit Kayan ins Krankenhaus eingeliefert wurde, baut Hondo seine Macht aus."

James hatte sich während des Fluges schon gedacht, dass Hondo hinter der Sache steckte. Aber jetzt hatte er Gewissheit, dass es nicht nur Einbildung war. Es wunderte ihn auch nicht mehr, dass Eddi bei der Inspektion der Sprengsätze unterbrochen worden war.

„Ist dies überhaupt legitim?", fragte James verwundert.

„Nicht, solange Kayan lebt", antwortete Aleeke. „Er darf die Geschäfte nur verwalten. Mehr aber auch nicht. Solange Kayan lebt, haben die Minister nur Befehlsgewalt über ihr Resort. Trotzdem baut Hondo stündlich seine Macht weiter aus. Die guten Kontakte zum Militär helfen ihm dabei."

„Inwieweit ist Hondo in den Transport der Sprengsätze involviert?"

„Hondo war bei fast allen Treffen anwesend. Er weiß über jede Einzelheit Bescheid. Zusätzlich gibt ihm das Militär je nach Progress einen Statusreport", berichtete Aleeke.

„Hat er direkten Zugang zum Militärkomplex?"

Aleeke ließ vom Rückspiegel ab und blickte auf die Straße. „Ohne einen speziellen Pass kommt dort keiner rein."

„Und wie sollen wir in den Komplex kommen?"

„Wir fahren erst mal zu Kayans Haus und holen dort alle nötigen Papiere ab", sagte Aleeke.

James nickte zustimmend und überlegte, wie sie die gesamte Sache in Angriff nehmen sollten. Die Lage verlangte Fingerspitzengefühl. Ein Fehler könnte alles zunichtemachen. Zehn Minuten lang blickte er aus dem Fenster und ließ die unterschiedlichsten Szenarien durch den Kopf gehen.

„Ist die Wahrscheinlichkeit hoch, dass Hondo versucht, zu putschen?", fragte James.

„Momentan hat er noch nicht genug Rückhalt", meinte Aleeke. „Alles, was er derzeit versuchen kann, ist, ihm treue, ergebene Männer in Schlüsselpositionen einzusetzen, um so seine Macht auszuweiten." Aleeke zeigte auf Kayans Haus, als er in die Nebenstraße einbog, und sagte: „Gleich sind wir da."

Noch eine Kurve hinter der großen Raphiapalme und sie wären am Ziel. Das braune Dach des dreistöckigen Hauses konnte James mittlerweile schon sehen. James folgte der Kurve zur Auffahrt des Anwesens, als er in seinen Sitz zurückschreckte.

Mehrere Uniformierte stiegen aus drei Autos.

Es folgte ein scharfes Bremsmanöver von Aleeke. Im Bruchteil einer Sekunde hatte er den Rückwärtsgang eingelegt und gab Vollgas. Er knallte den Wagen den Bordstein runter und schaltete in den Vorwärtsgang. Hätte sich James nicht am Vordersitz abgedrückt, wäre er mit dem Kopf gegen die Scheibe geknallt.

„Verflucht, ich habe mir so was schon gedacht", rief Aleeke, als er die Vorwärtsgänge rasant durchschaltete.

Aleekes Kopf hörte nicht mehr auf, sich zu bewegen. Seine Augen prüften die Spiegel im Sekundentakt. Es machte den Anschein, als ob er mit einer solchen Aktion schon Erfahrung hatte. James verbrachte die Hälfte der Zeit mit dem Blick durch die Heckscheibe. Aber es waren keine Verfolger zu sehen. So schnell waren sie unterwegs.

Die kleinen Straßen waren vollständig mit Autos und Kartons vollgestellt. Überall lagen Kisten mit Plastikflaschen herum. Nach unzähligen Abbiegern reduzierte Aleeke die Geschwindigkeit. Seine Augenbewegungen nahmen allmählich ab und sein Blick wurde gelassener. Auch bei James ließ die Spannung nach.

„Das war knapp", meinte Aleeke.

„Auf so was war ich nicht vorbereitet", murmelte James.

„Willkommen in Kamerun", grinste Aleeke, als er ein leichtes Lächeln über die Lippen brachte.

„Was waren das für Leute?", fragte James.

„Das waren Hondos Schergen", antwortete Aleeke und blickte in den Rückspiegel. „Diese verfluchten Schwarzuniformierten sind eine Spezialeinheit des Militärs. Hondo hat diese damals eingeführt, als er General wurde. Diese Jungs sind für die Drecksarbeit zuständig, und es scheint, dass sie ihm heute noch treu sind."

„Gegen solche Leute haben wir keine Chance. Die durchsieben uns doch sofort", wandte James ein.

„Eine Möglichkeit gibt es. Dafür müssen wir zuerst mit dem ehemaligen Kommandanten der Militärbasis sprechen", erwiderte Aleeke.

„Und dann?", rief James aufgebracht.

„Er kann uns mit Sicherheit helfen", antwortete Aleeke.

„Was macht dich so sicher?"

„Hondo ist der Grund, warum er als General abgesetzt wurde und fünf Jahre später auch den Posten als Lagerkommandant räumen musste."

„Hört sich gut an", bestätigte James.

Aleeke nickte verständnisvoll. Dann griff er in seine Innentasche und kramte sein Handy hervor.

James versuchte, dem Gespräch am Telefon zu folgen, aber der besondere Dialekt machte es ihm unmöglich. Nach wenigen Worten drifteten seine Gedanken ab. Aleekes Unterhaltung dauerte nur drei Minuten, dann lag das Handy auf dem Beifahrersitz.

„Er hat zugesagt", erklärte Aleeke. „Wir werden ihn in dreißig Minuten treffen."

Der Mercedes glitt abwechselnd über Seiten- und Hauptstraßen. James hatte die Orientierung schon lange verloren. Das Straßenbild veränderte sich kaum. Es waren viele ältere Autos zu sehen, die von rotem Sand umhüllt waren. Überall war dieser Sand. Selbst James' Kleidung blieb davon nicht verschont. Er wusste nur, dass sie Richtung Norden fuhren, da überall die N1 ausgeschildert war. Sie kamen an einem großen Fußballstadion vorbei und schlängelten sich dann weiter über unterschiedliche Straßen. Später orientierte sich James an einem Krankenhaus, das überall ausgeschildert wurde.

„Nur noch zwei Minuten", meinte Aleeke und bog rechts ab. Jetzt steuerte der Mercedes auf eine alte Lagerhalle zu. Der Rost hatte sich überall tief ins Metall gefressen. Das Dach war mehr Loch als Abdeckung. Aleeke fuhr das Auto durch das offene Tor hinüber in die Halle. Überall lagen alte Autos. Total ausgeschlachtet warteten sie darauf, eins mit der Erde zu werden. Abgesehen von einer großen Menge Altmetall war hier nichts zu holen. Aleeke parkte das Auto bei einem Stahlträger an der Seite und schaltete den Motor aus. Danach das Licht. In Dunkelheit gehüllt stieg Aleeke aus, um sich die Umgebung anzusehen, danach schaute er nach oben. Er tauchte unter den Sonnenstrahlen hindurch, bis er jede Ecke der Halle untersucht hatte.

„Die Decke wird halten", sagte Aleeke.

„Gut zu wissen", bemerkte James, der sich in der Zwischenzeit ans Auto lehnte.

„Sollte nicht mehr lange dauern", meinte Aleeke, als er auf seine Uhr sah. Als die Worte fielen, war das Geräusch eines Autos zu hören. „Da kommt er", erklärte Aleeke und drehte sich in die Richtung des Geräusches um.

Mit der zunehmenden Geräuschkulisse stieg auch James' Adrenalinspiegel an. Kurz vorm Höhepunkt des Rausches bog auf der anderen Seite der Lagerhalle ein schwarzer Audi ein. Zehn Meter entfernt blieb der Wagen im Schatten stehen. Nicht ein Sonnenstrahl erleuchtete das Auto. James hatte Probleme, sich zu entspannen, während Aleeke den gleichen lockeren Eindruck machte wie beim Treffen am Flughafen. Krampfhaft versuchte James, den Fahrer durch die dunkle Scheibe zu identifizieren. Aber die Dunkelheit machte ihm einen Strich durch die Rechnung.

Als der Motor aufhörte, zu röhren, stieg als Erstes der Fahrer aus. Er war Mitte dreißig und von sportlicher Statur. Danach öffnete er die hintere Beifahrertür und eine zweite Person stieg aus. Der ältere Herr war Mitte sechzig mit weißen Haaren. Er hatte eine schlanke Figur. Falten zeichneten sein Gesicht, vor allem unter den Augen. Beide stellten sich vor die Scheinwerfer des Autos. James überblickte das Geschehen mit den Armen auf das Dach des Mercedes abgestützt. Aleeke hingegen verlor keine Zeit und schlenderte hinüber.

Genau konnte James nicht hören, worüber sie sprachen. Nach einem kurzen Austausch und Händeschütteln winkte Aleeke James zu sich. Er atmete tief durch und rollte dann seine Schultern unauffällig nach hinten. Mit langsamen Schritten begab er sich hinüber zu den zwei Fremden. Mit jedem weiteren Schritt musste er mehr Kraft aufwenden, um die Angst im Zaum zu halten.

„Darf ich Ihnen James Offenbach vorstellen?", fragte Aleeke höflich den älteren Herrn, als er sich zu James drehte.

„Es freut mich, Sie kennenzulernen. Mein Name ist Jarule Akono, und dieser Herr ist mein Fahrer und Bodyguard Beti", stellte sich Jarule mit tiefer Stimme vor.

„Gleichfalls", antwortete James und reichte erst Jarule die Hand, danach Beti.

„Herr Akono, es freut mich, dass Sie kurzfristig die Zeit aufbringen konnten, uns zu treffen", fuhr Aleeke fort.

„Nennt mich Jarule. Diese Angelegenheit ist für mich von familiärem Ausmaß. Abgesehen davon muss irgendjemand Hondo einen Denkzettel verpassen. Der Kerl ist bisher mit zu vielen Dingen durchgekommen", erklärte Jarule, während er James tief in die Augen blickte. „Aber nun zum wichtigen Teil: Was wollen Sie auf dem Militärkomplex?"

James räusperte sich kurz und erklärte dann die Vorgeschichte. Er berichtete von den finanziellen Schwierigkeiten Kameruns und dem Abkommen mit den USA. Er erklärte, wie die USA die momentane Schwäche Kameruns ausnutzten, um sich die Sprengsätze anzueignen. Obwohl die Übergabe vertraglich geregelt und an finanzielle Leistung geknüpft sei, hielten sich die USA nicht daran. Außerdem versuche Hondo, die Übergabe zu verhindern und arbeite mit aller Kraft daran, die Macht an sich zu reißen, während Kayan sich im Krankenhaus befinde. Aber am meisten wies er auf die Finanzkrise hin und auf einen daraus drohenden Bürgerkrieg. Nichts ließ er aus, um Jarule von der Wichtigkeit des Vorhabens zu überzeugen. Jarules Pupillen weiteten sich mit jedem Satz mehr. Als James alle Punkte aufgezählt hatte, fingen Jarules Augen an, zu leuchten. Die Falten auf seiner Stirn entspannten sich. Wo vorher Schatten war, war jetzt Licht.

„Wenn ich Sie richtig verstehe, bleibt uns nicht viel Zeit", meinte Jarule.

„Wir müssen in den Komplex. Alles andere hängt davon ab", erwiderte James.

„Kriegen wir hin", antwortete Jarule.

James erklärte Jarule, dass die Sprengsätze für den Transport noch nicht präpariert seien. Reinkommen sei der erste Schritt. Raus und die Landesgrenze verlassen bis hin zur Übergabe an die USA sei aber der entscheidende Punkt. Allein sei es nicht möglich, dieses Vorhaben umzusetzen. Sie benötigten Personal. Gut ausgebildet dazu. Allein sei es nichts anderes als ein Himmelfahrtskommando. Zustimmend nickte Aleeke, während James und Jarule sich austauschten. Beti hingegen war komplett emotionslos. Immer wieder sah er auf seine Armbanduhr, als ob er noch Essen vor Ladenschluss kaufen müsste. Aber all das spielte keine Rolle, denn James wusste um den Ernst der Lage, und er war nicht allein. Jarule teilte seine Meinung.

„Es gibt einen Evakuierungsplan im Komplex. Wir können uns diesen zunutze machen", erklärte Jarule.

Verwundert blickte James Jarule an. „Was genau beinhaltet dieser Plan?"

„Es handelt sich dabei um eine Maßnahme, das Areal in Notsituationen zu räumen", antwortete Jarule.

„Muss bei einem solchen Vorhaben die Lagerleitung nicht im Voraus Bescheid wissen?", fragte James.

„Nicht bei einer solchen Maßnahme. Da es sich hierbei um die Evakuierung von Personal in einem Ausnahmezustand handelt, kann diese Räumung ohne Vorankündigung ausgelöst und durchgeführt werden", erklärte Jarule.

„Schaffen Sie es, dass wir morgen früh die Sprengsätze aus dem Komplex herausbekommen?", fragte James.

Jarule erstarrte. Dass es schnell gehen sollte, war ihm bewusst, aber nicht so schnell. Er hätte nicht einmal 24 Stunden, um alles zu planen. Einen so straffen Zeitplan hätte er sich nie erträumen lassen. Er blickte nach oben zum Dach, als ob er auf eine Erleuchtung wartete. Er klapperte mehrere Löcher in der Decke ab, bevor er James erneut ansah und die Schultern hochzog.

„Kriegen wir hin", antwortete Jarule nüchtern. „Sie müssen mir nur sagen, was Sie an Ausrüstung benötigen. Solche Sprengsätze habe ich bisher nicht transportiert."

James blickte auf die Sakkotasche, wo sein Handy war, dann riss er seinen Kopf hoch, um Jarule anzusehen. „Die Information besorge ich", erklärte James und reichte Jarule die Hand. Ohne zu zögern, griff er zu. Kurz danach verließen Jarule und Beti die Lagerhalle.

„Lass uns verschwinden, bevor Hondos Männer auftauchen", rief Aleeke und ging zum Mercedes. „Ich kenne ein kleines Motel in der Nähe. Dort ist es ruhig."

„Etwas Ruhe wäre jetzt nicht verkehrt", stimmte James zu, als er vor dem Auto stehen blieb. Während James einstieg, startete Aleeke den Motor. Noch bevor Aleeke die löchrige Lagerhalle verlassen konnte, fragte James, wo die Reise hingehe.

„Wir fahren zu einem kleinen Motel weiter nördlich", antwortete A-leeke. „Mein Haus liegt auch ganz in der Nähe."

KAPITEL 21

Zügig bahnten sich James und Aleeke auf der N1 ihren Weg Richtung Norden. Kein Stocken, kein Stau. Das Geschlängel um Hindernisse sowie der stockende Verkehr der Innenstadt waren wie weggeblasen. Stattdessen glitten sie wie auf Wolken immer weiter vom Epizentrum der Unruhen davon. Ein Gefühl von Urlaub kam in James auf. Die Sonne schien durch die Scheibe ins Auto und wärmte sein Gesicht. Leider hielt dieser Moment nur kurz an. Aleeke drosselte das Tempo und lenkte den Mercedes auf einen Parkplatz. Es war ein Flickenteppich von Schlaglöchern. Auf der rechten Seite war ein längliches zweistöckiges Gebäude zu sehen. Die vormontierten Träger waren rostig und die Pflanzen unter den Erdgeschossfenstern schrien förmlich nach Zuneigung. Der Parkplatz war mit Autos gefüllt. Die meisten blockierten mehrere Plätze für sich. Aleeke nahm den ersten Parkplatz, den er finden konnte, und parkte rückwärts ein.

„Hier sind wir", sagte er, als er den Zündschlüssel herauszog.

Das Stoppen des meditativen Autoröhrens riss James aus seiner Trance. „Dieses Establishment sieht nicht gerade einladend aus", meinte James, als er die Tür öffnete und Aleeke an die frische Luft folgte. „Wie heißt das Motel überhaupt?", fragte James, als er die Autotür schloss.

Er bekam keine Antwort. Aleeke zeigte nur auf ein Plakat auf der anderen Straßenseite. Es war eine große Plakatwand. James hatte sie beim Abbiegen übersehen.

„Motel Americano", las James laut vor sich hin, als er das Geschriebene entzifferte. Das Plakat machte einen genauso alten Eindruck wie das Motel. Die Farbe blätterte ab und das Holz wölbte sich an den Kanten. „Hätte ich nicht besser auswählen können."

„Das ist der sicherste Platz, den ich kenne", erklärte Aleeke und begab sich zum Haupteingang, während James in der Zwischenzeit einen

Rundumblick von der Gegend nahm. Alles war heruntergekommen. Abgesehen vom Mercedes standen nur alte Rostlauben vor dem Motel. Manche der Autos hatten unterschiedliche Bereifungen. Ein Auto ohne Ersatzreifen war eher eine Ausnahme als die Norm. Das Motel war schlicht eine heruntergekommene Absteige ohne Charme. Selbst der Putz versuchte, zu flüchten. Solche Orte hatte James nur in Urlaubprospekten gesehen. Dort wurden diese als Abenteuerurlaub angeboten.

„Ich habe den Schlüssel", rief Aleeke, als er zurück zum Auto kam. James war in der Zwischenzeit nicht von seinem Platz gewichen. Er drehte sich zum Eingang hinüber und sah, wie sich Aleeke mit dem Schlüssel um den Zeigefinger drehend zurück zum Auto bewegte.

„Das Zimmer ist schon bezahlt", sagte Aleeke, als er James den Schlüssel übergab. Ein Stück Holz, mit der Nummer 23 eingebrannt, war mit dem Schlüssel verbunden. Das Zimmer befand sich nicht unweit des Autos im Erdgeschoss.

„Kann nicht viel kosten", meinte James scherzhaft.

„Premiumpreise für Premiumausstattung", erwiderte Aleeke humorvoll. „Ich muss jetzt nach Hause, um etwas zu erledigen. Ich komme, so schnell ich kann, wieder."

„Ich warte", antwortete James.

„Zur Not ruf einfach an", sagte Aleeke und griff in seine Innentasche. Er nahm eine Visitenkarte heraus, warf einen prüfenden Blick darauf und reichte sie James. „Das ist meine Privatadresse."

„Verstehe", antwortete James, während Aleeke den Koffer aus dem Auto nahm. Er stellte ihn vor James ab und verabschiedete sich. James hob den Koffer mit der linken Hand hoch, er wollte ihn über den Parkplatz tragen. Dieser hätte das Rollen sowieso nicht zugelassen. Er nahm sein Gepäck in die Hand und ging hinüber zu seinem Zimmer.

Beim Betreten des Zimmers stieß James ein beißender Geruch in die Nase. Es war ein Geruch von Abwasser und alten Möbeln. Die letzte Lüftung lag anscheinend einige Tage zurück. Die Möbel fingen mittlerweile an, sich aufzulösen. Vor allem die Spanplatte am Schreibtisch bröselte an der rechten Seite vor sich hin. Als er seine Tasche auf dem

Stuhl ablegte, verdrehte sich dessen Lehne nach rechts. Den Koffer stellte er neben das Bett und richtete die Lehne ohne viel Aufwand. Er schritt ins Bad und drehte den Wasserhahn auf. Erst schoss ihm eine braune Suppe entgegen, dann wurde die Flüssigkeit über eine Minute lang immer transparenter, bis es schließlich wie Wasser aussah. Nach der Erfrischung trocknete er sich mit einem Handtuch ab und setzte sich im Schlafzimmer auf den Stuhl. Er nahm sein Handy aus der Sakkotasche und überprüfte den Empfang. Der Empfang war gut. Ganze drei Striche zeigte sein Handy an. Beim Durchklicken der Benachrichtigungen bemerkte er einen verpassten Anruf von Arthur. Sofort ließ er es klingeln.

„Schön, dass du noch lebst", sagte Arthur.

„Abgesehen davon, dass ich durch ganz Jaunde gerast bin, um Hondos Sonderkommando zu entgehen, geht es mir gut", entgegnete James.

„Das bestärkt meine These umso mehr", erklärte Arthur. „Ich habe durch die Finanzbeamten erfahren, dass die Umbuchungen auf Schwarzgeldkonten von Kamerun aus gesteuert wurden. Es würde mich nicht wundern, wenn Hondo hinter der gesamten Angelegenheit steckt. Nur die Beweise fehlen noch."

„Ich hätte nicht gedacht, dass seine Verbindungen so weitreichend sind", erwiderte James.

„Hondo will die Sprengsatzübergabe verhindern, und ihm scheinen dafür alle Mittel recht. Wahrscheinlich hatte er die ganze Sache schon vor dem Treffen mit den Vereinten Nationen geplant", sagte Arthur. „Der Kerl nimmt anscheinend sogar einen Staatsbankrott in Kauf."

„Dann werde ich jetzt noch weiter aufpassen müssen", erklärte James. „Konntest du die Gelder für Kamerun bei den Behörden locker machen?"

„Wenn nichts weiter passiert, dann erhält Kamerun am Montag die Gelder", antwortete Arthur.

„Wenn Hondo das Geld nicht im letzten Moment abgreift", gab James zu bedenken und beugte sich nach vorne. Etwas Schwarzes war an seinem Fuß vorbei in Richtung Bett gerast. James ließ sich auf die Knie fallen, um Gewissheit zu erhalten, aber das Insekt war verschwunden.

„Wusste Aleeke etwas zu berichten?", fragte Arthur. James zog sich langsam am Bett hoch und setzte sich wieder auf seinen Stuhl, um Arthur das Treffen zu erklären. Er erzählte ihm, dass er den ehemaligen Lagerkommandanten Jarule und seinen Chauffeur Beti in einer verlassenen Lagerhalle getroffen hatte. Die eingegangene Koalition sollte sicherstellen, dass die Sprengsätze rechtzeitig an die USA ausgeliefert werden könnten.

„Hör zu, James. Dein Leben könnte davon abhängen. Sei vorsichtig, mit wem du dich abgibst. Hondo hat überall seine Spitzel positioniert. Ich weiß, dass Jarule nicht gut mit Hondo kann, aber hüte dich vor allen anderen", riet Arthur.

James versicherte Arthur, dass er sich an seinen Ratschlag halten würde, dann beendeten sie das Gespräch.

Danach hielt James das Display vor seine Augen und ließ das Flackern auf sich einwirken. Wie hypnotisiert starrte er die Anzeige an. Anscheinend wollte Hondo nicht nur die Kontrolle über die Sprengsätze, sondern auch die Kontrolle über das ganze Land an sich reißen. Solange Kayan lebte, war er in seinem Vorgehen eingeschränkt.

Schlagartig trommelte Regen auf den Parkplatz ein. Die Schlaglöcher füllten sich mit Wasser und das plätschernde Geräusch nahm ihn für einige Sekunden in seinen Bann. Nach einem kurzen Kopfschütteln rief er John an.

„Schieß los", forderte John, während James den Verkehr im Hintergrund hörte.

„Wir werden einige Schwierigkeiten mit dem Transport der Sprengsätze haben", begann James.

Es folgte ein kurzes Schweigen.

„Was meinst du mit Schwierigkeiten?", fragte John.

„Wir können die Fracht nicht direkt von Jaunde aus in die USA fliegen", antwortete James.

„So schnell kann ich die Papiere nicht für den Zoll präparieren. Du schmuggelst doch keine fünf Gramm Kokain über die Grenze, sondern mehrere Tonnen an Ausrüstung. So was passt nicht in die Jackentasche. Dafür benötigst du offizielle Dokumente. Ansonsten können wir uns auch den ganzen Aufwand sparen und gleich bei der Polizei anklopfen", warnte John.

„Denkst du, ich versuche mir das Leben absichtlich schwerer zu machen? Das ganze Land befindet sich im Umbruch. Der Strippenzieher hat großes Interesse, die Sprengsätze zu behalten", erklärte James.

„Wie auch immer. Wie soll es weitergehen?", fragte John.

„Ich versuche, die Dinger zu kriegen, und du kümmerst dich um die Papiere", schlug James vor.

„Immerhin musst du nicht damit rechnen, in den nächsten 24 Stunden erschossen zu werden." Es folgte ein Schweigen, gefolgt von einem tiefen Atemzug und Schnaufen. „Du treibst mich noch in den Wahnsinn. Aber gut, ich sehe, was sich machen lässt", erklärte John und legte auf.

James war klar, warum John aufgebracht war, aber was sollte er machen? Er steckte noch viel tiefer in der Tinte. Abgesehen davon war er nicht in Washington und konnte in der Mittagspause auch nicht zwischen Hummer und Kobe Steak wählen. Als er an Essen dachte, fing sein Magen an, sich zu melden. Seit der Landung hatte er nichts mehr zu sich genommen. Mittlerweile lag die letzte Mahlzeit acht Stunden zurück. Er ging zum Fenster und blickte hinaus. Er glaubte, bei der Einfahrt auf der anderen Straßenseite ein Restaurant gesehen zu haben. Er behielt recht. Der Regen hatte sich in der Zwischenzeit beruhigt und die ersten Sonnenstrahlen bahnten sich ihren Weg durch die Wolken. Er nahm sein Handy, den Schlüssel und machte sich auf den Weg nach draußen. Er steckte den Schlüssel in die Tür und schloss ab.

„Wo soll es hingehen?", erklang eine Stimme hinter ihm. Reflexartig ließ James seine Hand fallen. Sein Körper schüttete überdimensional viel Adrenalin aus und seine Wahrnehmung erreichte ein neues Allzeithoch. Langsam drehte er sich um.

Es war Aleeke, der neben ihm stand. Erleichtert atmete James auf.

„In Zukunft …", schluckte James und nahm einen weiteren Atemzug, „… lass so was bitte sein."

„Entschuldige, aber ich habe gedacht, dass du mich eben durch die Scheibe gesehen hast", verteidigte sich Aleeke.

„Nein", sagte James. Aleeke zeigte auf einen schwarzen Toyota auf dem Parkplatz. Der Wagen parkte genau in der Sichtschneise zwischen James' Zimmer und dem Restaurant. Er war zu beschäftigt gewesen, das Restaurant zu begutachten, sodass er keinen Blick für den Fahrer gehabt hatte. Erleichtert steckte er den Schlüssel in seine Seitentasche.

„Mir haben schon mehrere Leute gesagt, dass ich die Tendenz habe, sie zu überraschen", meinte Aleeke. „Willst du irgendwohin?"

„Mein Magen knurrt. Ich brauche etwas zu essen", antwortete James und zeigte auf die andere Straßenseite.

„Trifft sich gut. Außer einer Tüte Chips hatte ich bisher auch noch nichts Vernünftiges", erklärte Aleeke.

Das Restaurant lag nicht einmal zweihundert Meter entfernt und hatte Ähnlichkeit mit einem US-amerikanischen Diner. Die Karte war am Eingang ausgestellt. Normalerweise war James bedachter, was die Ernährung anging, aber nach den ganzen Umständen war ihm nach einem saftigen Burger. Zu seinem Glück bestand die Hälfte der Karte aus Burgern. Salat oder andere kalorienbewusste Gerichte waren eher die Minderheit.

„Ihr scheint einen immensen Aufholbedarf zu haben", meinte James und zeigte auf die unterschiedlichen Gerichte.

„Auch beim Kalorienverbrauch lernen wir von den Besten", sagte Aleeke lachend. „Außerdem kommen hier viele Fernkraftfahrer vorbei."

Während Aleeke ihm weitere Einzelheiten über die Qualität des Restaurants erzählte, suchte er einen Platz. Der Diner war gut besucht, aber am Ende der Theke gab es noch einen Vierertisch. James zögerte nicht und machte sich auf den Weg.

Aleeke hatte recht, die Kundschaft bestand hauptsächlich aus Fern-kraftfahrern, aber es waren auch Familien mit ihren Kindern anwesend. Als sie sich setzten, stand schon die Bedienung neben ihnen. Sie hatte eine weiße Bluse an und eine blauschwarz gestreifte Schürze um die Hüfte geschnürt. James nahm den fettigsten Burger, den er auf der Karte entdecken konnte, und dazu eine Cola. Aleeke tat es ihm gleich und griff ebenfalls zum Pounder mit Käse, Speck und Ei, aber ließ die Cola weg und nahm stattdessen Wasser. Die Stühle waren in Blau ge-polstert und der Tisch war weiß. Genau genommen war das ganze Lo-kal in Blau und Weiß dekoriert.

Als die Bedienung sich verabschiedete, erzählte James Aleeke von der Transaktionsmanipulation. „Jemand hat die Gelder absichtlich auf Schwarzgeldkonten deponiert. Die legen es darauf an, das Land in eine Krise zu stürzen."

Aleeke hielt inne. Seine Gesichtszüge entglitten förmlich. Sein so straffes Gesicht war in Bruchteilen von Sekunden gealtert.

„Ich wette, dass Hondo hinter der Sache steckt", vermutete er.

„Dieser Moment ist die perfekte Gelegenheit für ihn. Wenn das Geld am Montag nicht eintrifft, dann wäre es der perfekte Moment für einen Putsch."

„Was für ein gerissenes Schwein. So was hätte ich nie von ihm er-wartet."

„Mit jeder weiteren Stunde wird unser Vorhaben schwerer. Hast du Neuigkeiten von Eddi?"

Aleeke blieb keine Möglichkeit zu antworten. Die Bedienung drän-gelte sich mit dem Tablett dazwischen und stellte die Gerichte vor ihnen ab. Sie wünschte einen guten Appetit und ging dann mit zwei Eiskaffees zu einem anderen Tisch. James nutzte die Stille und griff zum Burger. Er nahm einen großen Bissen. Er hatte ihn nicht mal halb durchgekaut, da biss er erneut zu. Aleeke sah erstaunt zu, wie James nach wenigen Happen die Hälfte verschlungen hatte. Der Duft des Bur-gers stieg nun auch in seine Nase. Er konnte diese herzhafte Einladung nicht ausschlagen und griff ebenfalls zu. Der Appetit hatte oberste Priorität. Bis der Burger verzehrt war wurden anstatt Wörter, Bissen gewechselt. James hatte einen Vorsprung, den er auch über die Ziellinie mitnahm. Das ganze Prozedere dauerte nicht einmal drei Minuten. Nicht ein Tropfen Eigelb war auf dem Teller zu sehen. Alles wurde restlos aufgefuttert.

„Eddi ist nach wie vor im Militärkomplex eingesperrt", erklärte Aleeke, während James sich mit einer Serviette erst den Mund und dann die Hand abwischte. „Sie haben ihn dort unter Sicherheitsverwahrung in einem Zimmer eingeschlossen."

James legte die Serviette zur Seite und nahm einen Schluck Cola. „Wahrscheinlich steckt Hondo hinter der Angelegenheit", meinte James. „Egal wie man es dreht. Ohne Eddi kann ich die Sprengsätze nicht transportfähig machen. Gibt es eine Möglichkeit, ihn zu befreien?"

„Jarule holt gerade die nötigen Informationen ein", antwortete Aleeke.

James nickte zustimmend und verschränkte nachdenklich die Arme. „Wie kommen wir überhaupt auf das Grundstück?"

„Ich habe diese Thematik mit Jarule besprochen. Wir können den Evakuierungsplan des Militärs für unsere Zwecke nutzen. Durch diesen Plan sollte es kein Problem geben, mit einem kleinen Trupp und drei Lkw auf das Areal zu kommen", antwortete Aleeke.

„Was müssen wir tun, um den Plan für unsere Zwecke zu nutzen?", fragte James weiter.

Aleeke erzählte ihm von der Verbindung zwischen dem Verteidigungsministerium und dem Militärkomplex. Die oberste Entscheidungsgewalt lag dabei immer beim Verteidigungsministerium, das zu jeder Zeit den Evakuierungsplan ausrufen konnte. Da keiner im Komplex wusste, ob es sich um eine Übung oder einen Ernstfall handelte, wurde der Plan jedes Mal strikt befolgt. Bei der letzten Probeevakuierung vor fünf Jahren hatte sich der Lagerkommandant beim Verteidigungsministerium rückversichert. Eine solche Komplikation konnte

nur verhindert werden, wenn die Kommunikation zum Verteidigungsministerium kontrolliert wurde. Dies würde die schwierigste Aufgabe
in der Operation sein.

„Gibt es jemanden im Verteidigungsministerium, der uns dabei be-
hilflich sein kann?", fragte James.

„Wir haben dort einen Mann sitzen."

„Was würde passieren, wenn während der Operation jemand
Hondo privat kontaktiert?"

„Sobald wir die Kontrolle über das Verteidigungsministerium haben, können wir auf das Telefon- und Mobilnetz im Militärkomplex zu-
greifen. Ab diesem Zeitpunkt sollte es ein Leichtes sein, alle relevanten
Gespräche umzuleiten", informierte ihn Aleeke, griff zum Glas und
nahm einen Schluck. „Aber zurzeit lässt Hondo die Verfassung prüfen,
ob er trotzdem Zugriff auf die Minister und auf das Präsidialamt hat."

„Hoffen wir, dass es für die nächsten 24 Stunden so bleibt", erwiderte James.

Aleeke nickte zustimmend und nahm einen weiteren Schluck Wasser.

James erklärte Aleeke, dass es unerlässlich sei, dass sie das Mobilnetz
kontrollierten, um die Sprengsätze ungestört zu präparieren. Es sei
nicht förderlich, wenn Soldaten den Raum stürmten, während Eddi
und er an fünf Megatonnen-Sprengsätzen schraubten. Auch die Verladung ließ noch Fragen offen. Wie sollten sie diese zwei Tonnen Unge-
tüme ungestört verladen? Es handelte sich immerhin um Massenver-
nichtungswaffen. Sie benötigten Personal, Lkw, Flugtransport und die
dafür nötigen Papiere. Und einen Schlachtplan. Etwas, was nur das Militär liefern konnte. Erfahrung war essenziell. Aleeke fehlte diese. Jarule
hingegen hatte die Erfahrung. Er wusste über das Militär und das Land
bestens Bescheid. Aber viel wichtiger war, er hatte einen Grund, ihnen
zu helfen. Er tat es nicht aus Nächstenliebe, sondern er wollte Hondo
eins auswischen. Er war der ideale Verbündete. Geld war ihm egal. Es

ging ihm vielmehr um die Ehre. Etwas, was man nicht in Gold aufwiegen konnte. James dämmerte es jetzt. Ihm stand der perfekte Verbündete zur Seite.

Auf dem Weg zurück zum Motel teilte ihm Aleeke mit, dass Jarule sich schon mit den Einzelheiten befasse. Als ehemaliger Lagerkommandant war er bestens mit dem Stützpunkt vertraut. Ihm waren die Sprengsätze bekannt, wo sie lagerten, wie sie zu entfernen waren und wo die Wachposten standen.

James war gerade dabei, die Zimmertür aufzuschließen, da klingelte ein Telefon hinter ihm. Mit der Hand am Schlüssel drehte er sich um.

„Können wir machen", hörte er Aleeke sagen, während dieser das Telefon ans Ohr hielt. Verwundert blickte James ihn an.

„Es ist Jarule". flüsterte er leise, während er den Hörer mit der linken Hand zuhielt. Dann nahm er den Hörer zurück ans Ohr und lauschte aufmerksam.

„Und?", fragte James, als Aleeke das Handy einsteckte. „Was weiß er zu berichten?"

„Steig in den Wagen. Ich erkläre dir alles Wichtige auf dem Weg", antwortete Aleeke und eilte zum Toyota.

James zog den Schlüssel ab und lief hinterher. Er konnte sich gerade noch rechtzeitig anschnallen, da quietschten auch schon die Reifen und Aleeke bog mit rasantem Tempo auf die Hauptstraße ab.

„Werden wir verfolgt?", fragte James, als er nach hinten zu seinem Zimmer blickte. Die Kabel lagen noch in der Wohnung. Verunsichert drehte er sich zu Aleeke.

„Schlimmer. Kayan wird den heutigen Tag wohl nicht überleben", antwortete Aleeke. „Jetzt, da Kayans Leben auf Messers Schneide steht, kann Hondo die Klage egal sein. Sobald Kayan tot ist, wird er automatisch Präsident."

„Verdammt", fluchte James.

Die gesamte Situation stank zum Himmel. Wenn es so weiterging, dann würden in Kürze Soldaten die Regierungsgeschäfte übernehmen. Alles, was für James zählte, war, Kayans Wunsch in die Tat umzusetzen. Die Sprengsätze sollten ein für alle Mal Kamerun verlassen.

„Wo fahren wir überhaupt hin?", fragte James.

„Wir treffen uns an einem geheimen Ort mit Jarule."

James zog die Augenbrauen hoch. Hatte er die Frage überhaupt mitbekommen? „Aber wo ist der Ort?"

„In zehn Minuten sind wir da", antwortete Aleeke knapp.

Erneut nicht die Antwort, die sich James erhoffte, aber für den Moment reichte es ihm. Die verbleibende Zeit blieb es still im Auto. Kayan hatte während des Studiums immer wieder betont, dass er nach dem Abschluss zurück nach Kamerun gehen wolle, um seinem Land zu helfen. Zwar war er zum größten Teil in New York aufgewachsen, aber die Verbundenheit zu seinem Land war ungebrochen. Jetzt war sein Erbe in Gefahr. Nicht nur seins, sondern das einer gesamten Nation.

„Hier sind wir", erklärte Aleeke, als er auf einem Parkplatz wendete und den Wagen einparkte. Alle Parkplätze waren mit Nummern versehen. Aleeke parkte das Auto auf dem Parkplatz mit der Nummer 4. Rundherum waren mehrere Geschäfte und darüber waren Büros angebracht. Alle Gebäude waren verwinkelt aufgebaut, als ob der Architekt von einem Tarnkappenbomber inspiriert worden war. Die Gebäude hatten einen unterschiedlichen Farbton. Manche waren gelb, andere waren blau und alles war von wunderbarem Grün umhüllt. Nirgends war auch nur ein verwelktes Blatt zu sehen.

„Jarule wird uns im zweiten Stock treffen", meinte Aleeke, als er die Autotür schloss und sich hinüber zu einem dreistöckigen dunkelblauen Haus bewegte. Unauffällig folgte ihm James.

Im zweiten Stock angekommen gingen sie den Korridor entlang zu einer roten Tür. Auf der Messingtafel stand „JK Consulting."

„Ist das hier der geheime Ort?", fragte James, während er auf die Inschrift starrte.

„Ja", antwortete Aleeke und klopfte an der Tür. Nach fünfzehn Sekunden ertönte ein lautes Summen. Die Tür öffnete sich automatisch und beide traten in den Vorraum. Der Raum war klein. Die Wände waren weiß gestrichen und boten maximal Platz für sieben Personen. Neben einer schwarzen Holztür war ein Fenster angebracht und dort hindurch war ein Gang zu sehen. Es machte den Anschein, als ob sie sich im Wartezimmer eines Arztes befänden, nur die Möbel fehlten. Aleeke ging zur Scheibe und ließ seine Augen über den Korridor wandern.

„Kommen Sie doch herein", erklang eine Stimme, als die Tür aufging.

Ohne zu zögern, schritten beide über die Türschwelle in den Korridor hinein. Es war Jarule, der die Tür für sie öffnete.

„Es freut mich, Sie wiederzusehen", sagte er, als er James erblickte.

„Danke nochmals für Ihre Hilfe", erwiderte James. Jarule blieb stehen und drehte sich um. Er blickte abwechselnd James und Aleeke an und ging dann weiter.

„Hier geht es immerhin um Kamerun", erklärte er.

Im Büro verwies er auf zwei Stühle und schloss dann hinter James und Aleeke die Tür.

„Ich gehe davon aus, dass Aleeke Sie mit den aktuellen Informationen ausgestattet hat", begann Jarule. James nickte nur, während er sich auf den Stuhl setzte. „Ich habe aus verlässlicher Quelle erfahren, dass Hondo morgen das Amt des Präsidenten übernehmen wird, somit wird er die volle Kontrolle über den Staatsapparat haben", erklärte Jarule an seinem Stuhl stehend. Dann setzte er sich hin.

Noch bevor Jarule Platz nahm, sprang James auf. Die Situation hatte ein stark emotionales Ausmaß für ihn angenommen. Er ging zur Wand und drehte sich dann um.

„Wir müssen sofort handeln", sagte er.

Jarule blickte ihn ruhig an, während Aleeke die Hände zusammenfaltete.

„Zum Glück konnte ich alle wichtigen Ressourcen zusammentragen. Auch ein Team steht zur Verfügung", erklärte Jarule.

Erleichtert blickte ihn James an. Langsam zählte er vor sich hin und zog dabei jedes Mal einen Finger ein. Am Ende bildete seine Hand eine

Faust. Keine Frage wollte er vergessen. Keinen Fehler wollte er machen, weshalb er die Prozedur wiederholte. Dann schwenkte er von seiner Hand ab.

„Selbst wenn wir in den Komplex eindringen und die Sprengsätze entnehmen, wie bekommen wir diese aus Kamerun heraus? Und was ist mit Eddi? Ich habe in den letzten Stunden kein Lebenszeichen von ihm erhalten", wandte James ein.

Jarule klappte seine Rückenlehne nach hinten und verschränkte die Hände über dem Kopf, dann wippte er nach vorne. Durch das Vorwärtswippen der Rückenlehne rollte der Stuhl an den Tisch. Seine Hände lagen nun mit den Handflächen nach unten auf der glatten Tischfläche. Er wies James darauf hin, dass für den Transport eine C-130 Herkulesmaschine bereitstehe, die mehr als genug Nutzlast für den Transport der drei Sprengsätze habe. Durch das geringe Gewicht der Sprengsätze würde der Treibstoff auch mehr als ausreichen, um jeden Ort in einem Umkreis von 2.000 Kilometer anzufliegen. Für den Start könnten sie aber keinen offiziellen Flughafen in Kamerun verwenden. Die Lage sei dafür zu angespannt, stattdessen müssten sie auf ein ehemaliges Flugfeld im Norden ausweichen. Lkw, Waffen und Männer stünden schon bereit. Selbst Eddis Aufenthaltsort war Jarule inzwischen bekannt. Er öffnete die Schublade und entnahm eine Karte der Militärbasis.

„Dort wird dein Kollege gefangen gehalten", erklärte er und zeigte mit dem Finger auf ein kleines Gebäude.

Aleeke lehnte sich nach vorne, um einen besseren Blick zu erhalten, während James hastig mit drei großen Schritten an den Tisch herantrat.

„Das sind nicht mal hundert Meter", warf James ein.

„Was hast du erwartet? Dass sie ihn herausschaffen?", entgegnete Jarule. „Der Komplex ist sicherer als jedes Gefängnis hier in Kamerun."

James starrer Blick ließ nach. Sein Gesicht begann, sich zu lockern, und die Falten fielen zurück in ihre altbekannte Position. Verständnisvoll runzelte er die Stirn. „Wie kriegen wir ihn dort raus?", fragte er zögerlich.

„Das lass mal meine Sorge sein. Ich habe meine besten Männer darauf angesetzt", antwortete Jarule mit ernster Miene. Die Augen pulsierten nur so voller Energie.

James wurde bewusst, dass er eine blöde Frage gestellt hatte. Natürlich hatte sich Jarule um diese Angelegenheit schon gekümmert.

„Wann starten wir?", fragte Aleeke, als Jarule seinen Blick von James abließ.

Jarule hob seine Hände vom Tisch und drehte den Stuhl in Aleekes Richtung, dann legte er seine Hände wieder auf den Tisch. Sein Körper blieb während des Vorganges steif. Nur sein Kopf blieb locker.

„Morgen um 3:00 Uhr starten wir", antwortete Jarule.

„Verstehe", sagte Aleeke.

Es würde ein Nachteinsatz werden. Während der Wachablösung würden sie zuschlagen. Einen besseren Zeitpunkt gab es nicht.

„Wo sollen wir uns treffen?", fragte James, als er sich hinsetzte.

„Klären wir gerade. Sobald ich mehr weiß, werde ich es euch wissen lassen", antwortete Jarule.

Aleeke und James nickten gleichzeitig.

„Alle weiteren Informationen werde ich euch beizeiten zukommen lassen."

Bevor sie etwas erwidern konnten, stand Jarule schon an seiner Bürotür und hatte die Türklinke runtergedrückt. Er verabschiedete sich von den beiden und geleitete sie hinaus zum weiß gestrichenen Vorraum.

„Der Kerl scheint mit allen Wassern gewaschen zu sein", meinte James, während er die rote Tür öffnete.

„Macht die Erfahrung beim Militär", ergänzte Aleeke.

„Wir müssen sofort zum Motel fahren. Ich muss noch einige Reisedokumente für den Flug beantragen", erklärte James.

„Machen wir", erwiderte Aleeke, während beide die Treppen hinunter eilten.

Wie sollte James diese Nachricht John beibringen? Es war schon schwer genug gewesen, die jetzigen Papiere zu bekommen. Bei dieser kurzen Vorankündigung würde er wahrscheinlich am Telefon ausflippen. James überlegte die restliche Fahrt über, wie er ihm die Situation am besten verständlich machen konnte, aber es half nichts. Eine Idee blieb aus.

„Ich hole dich später wieder ab", versprach Aleeke, während der Toyota leise vor sich hin brummte.

James sagte nichts weiter. Er klopfte ihm nur auf die Schulter und öffnete die Beifahrertür.

Während James erst drei Schritte zum Zimmer gemacht hatte, wendete Aleeke den Wagen und schoss davon. Zügig ging James die restlichen Schritte zu seinem Zimmer. Wie ein Pfeil schoss er zur Aktentasche und vergrub seine Augen im Inhalt. Alles war noch da. Er setzte sich auf den bröckelnden Stuhl und wählte Johns Nummer. Die Zeit des Klingelns fühlte sich an wie eine Ewigkeit.

„Hallo, James, was gibt es Neues?", meldete sich John.

James überlegte erneut, wie er ihm die Nachricht am besten übermitteln konnte. Zum Schluss warf er alle Überlegungen über Bord.

„Wir fliegen nicht von Kamerun aus in die USA", erklärte James.

Es folgte ein kurzes Rauschen.

„WAS?", fauchte John durchs Telefon.

Die Katze war aus dem Sack. Somit musste er nicht lange herumfaseln, sondern konnte gleich zur Sache kommen.

„Aus Sicherheitsgründen können wir die Sprengsätze nicht von Jaunde aus in die USA fliegen", antwortete James.

„Was zum Teufel soll das bedeuten?", fragte John wütend und pausierte. Jetzt waren nur schnelle Windzüge und Schritte zu hören. Als James das Schließen einer Tür hörte, fuhr John fort. „Es ist aber schon alles vorbereitet. Wie kommt ihr jetzt auf die Idee, die Flugroute zu ändern?", fragte er. John hatte Schwierigkeiten, sich ruhig zu verhalten. Die Planänderung schmeckte ihm überhaupt nicht.

„Wir haben keine Wahl. Ab morgen wird der Vizepräsident das Amt des Präsidenten übernehmen und dann haben wir keine Möglichkeit mehr, auf die Sprengsätze zuzugreifen", antwortete James. „Während wir versuchen, sie in unsere Gewalt zu bringen, werden wir die Kommunikation zum Militärkomplex unterbrechen. Diese Aktion wird uns aber nicht genug Zeit liefern, um die Sprengsätze zum Flughafen im Süden zu bringen, weshalb wir auf einen Flugplatz 20 Kilometer nördlich des Militärkomplexes ausweichen müssen."

„Danke, dass ich jetzt auch davon erfahre", antwortete John verärgert. „Und welches Transitland wollt ihr ansteuern?"

„Ich habe gehofft, dass du mir das sagen kannst", antwortete James und hielt den Hörer von sich weg. Ihm war klar, was als Nächstes kommen musste.

„Ihr habt doch alle einen Knall", brüllte John durch das Telefon. Dann war Stille. Erst nach fünfzehn Sekunden meldete sich John wieder. „Dieser verfluchte Mist. Immer ist es das Gleiche", fluchte er und hielt kurz inne. „Ich glaube, dass ich eine Lösung habe. Lass mich diese aber erst mal überprüfen. Ich melde mich, sobald ich mehr weiß."

„Danke", antwortete James leise. Dann war das Gespräch beendet.

KAPITEL 22

James hatte in der Zwischenzeit die Platinen und Kabel in eine handlichere Tasche für die Infiltrierung umgepackt. Die Tasche war schwarz, hatte zwei Griffe und einen Tragegurt. Sie hatte nur einen Reißverschluss. Handlichkeit hatte oberste Priorität.. Er klappte seinen Koffer zusammen und stellte diesen neben das Bett, daneben seine Aktentasche und die schwarze Einsatztasche. Zermürbt setzte er sich auf den lädierten Stuhl und betrachtete sein Handy auf dem Tisch. Zwei Stunden waren seit dem Gespräch mit John vergangen. Zum dritten Mal stand er auf und wollte die Tasche inspizieren. Als er die Einsatztasche packte, klingelte das Handy. Er legte die Tasche zurück an ihren Platz und nahm ab.

„Erzähl", forderte James, dann folgte ein leises Rascheln.

„Ich habe hier alles in Bewegung gesetzt. Die einzige Möglichkeit für euch, morgen zurück in die USA zu fliegen, ist von Lagos in Nigeria aus mit einer Frachtmaschine nach New York oder Miami", sprach John.

„Buch beide Maschinen", antwortete James.

„Die Zollformulare sind schon ausgefüllt. Für den Flug nach Miami sind die Sprengsätze als Generatoren deklariert und für den Flug nach New York als Bohrmaschinen", erklärte John. „Soll ich dich und Eddi schon auf die Liste eines Fluges setzen?"

„Lass die Plätze reservieren. Ich übernehme alles Weitere am Flughafen", entgegnete James.

„Werde ich veranlassen. Ich schicke dir die Unterlagen zur Kontrolle auf dein Handy. Alles Weitere leite ich an einen Kontaktmann am Flughafen", erwiderte John und verabschiedete sich.

James war erleichtert. Er lehnte sich in seinem Stuhl zurück. Als er sein gesamtes Gewicht gegen die Lehne drückte, ertönte ein knackendes Geräusch. Wie aus dem Schlaf gerissen sprang er auf. Er drehte sich um und drückte mit der Hand gegen die Lehne. Selbst beim geringsten Druck fing die Lehne an, sich in alle Richtungen zu wölben. James schob den Stuhl zur Seite und setzte sich auf die Bettdecke. Mit einem engen Griff hielt er das Handy und blickte aufs Display, um sein E-Mail-Postfach zu überprüfen. Als er es öffnen wollte, schob sich der Anrufbildschirm vor. Es war eine kamerunische Nummer. James überlegte kurz, ob er rangehen sollte. Beim ersten Klingeln war er noch abgeneigt, beim zweiten nahm er ab.

„Wer ist dort?", fragte James, als er den Hörer an sein Ohr hielt.

„Hier spricht Jarule", ertönte eine tiefe Stimme. Erleichtert ließ James seine Schultern sinken.

„Was gibt es Neues?", fragte er.

„Wir haben einen Treffpunkt ausgemacht", berichtete Jarule. „Aleeke wird dich um 22:00 Uhr abholen. Ruh dich bis dahin etwas aus."

„Gibt es was Neues von Eddi?"

„Ihm geht es gut. Jedem, der sich übers Essen beklagen kann, geht es gut", meinte Jarule.

„Obwohl ihm eine Diät gut tun würde", bemerkte James.

„So gut kenne ich Eddi nicht", entgegnete Jarule. „Alles Weitere besprechen wir später."

„Machen wir so."

James ließ seinen Körper nach hinten fallen. Alle viere waren von ihm gestreckt. Seine Augen suchten die Decke nach Unebenheiten ab, während er tief durchatmete. Er überlegte, was er vergessen hatte. Dann fiel es ihm ein. Die finanzielle Lage war noch nicht geklärt. Er fing an, mit seiner Hand nach seinem Handy auf dem Bett zu tasten. Nach mehrfachen Fehlgriffen hatte er es schließlich in seiner Hand und schob es vors Gesicht. Unbedingt musste er die finanzielle Lage mit Arthur besprechen. Im Handumdrehen hatte er die Nummer auf dem Bildschirm stehen und lauschte dem Klingeln.

„Du hast ein perfektes Timing", sagte Arthur ganz außer Atem.

„Hast du gerade Sport gemacht?", fragte James.

„Ich komme gerade aus einer Besprechung mit der Weissmann Bank. Als ich deinen Namen auf dem Display gesehen habe, bin ich schnell aus dem Gebäude gerannt. Etwas Privatsphäre kann bei unseren Gesprächen nicht schaden", meinte Arthur.

„Kriegen wir das Geld?"

„Die Bank bereitet gerade die Überweisung vor. Das Finanzministerium hat allem zugestimmt", antwortete Arthur. „Am Montag wird Kamerun die Hälfte der Gelder erhalten. Die zweite Tranche wird am Mittwoch eintreffen."

Natürlich wusste Arthur nicht über Kayans Zustand Bescheid. James klärte ihn über alles auf. Von Hondos Plan, die Macht in Kamerun zu übernehmen, über Kayans kritischen Zustand bis hin zum Transport der Sprengsätze. Er ließ keinen Punkt aus.

„Ich mache mir große Sorgen um Kameruns Zukunft. Glaubst du, dass es die beste Idee ist, wenn wir das Geld zum jetzigen Zeitpunkt überweisen?", fragte er dann. „Wenn alles schiefgeht, dann spielen wir Hondo damit nur in die Hände."

„Wir haben keine andere Wahl. Wenn wir jetzt einen Rückzieher machen, dann kommen wir an das Geld nie wieder heran. Keiner der Banker weiß um den kritischen Zustand von Kayan oder in was für einer Bredouille sich Kamerun befindet. Egal, was Hondo macht, wenn wir jetzt aufgeben, dann liegt Kamerun in den nächsten Jahren brach", entgegnete Arthur.

„Du hast recht. Wir können nicht eine gesamte Nation einem Irren als Geisel überlassen."

Arthur stimmte zu. Beide einigten sich darauf, die Überweisung durchzuführen. Eigentlich lag es an Arthur, die finanzielle Angelegenheit zu entscheiden, aber James war in der letzten Zeit so etwas wie ein verlängerter Arm geworden. Somit waren die Kenntnisse, die James lieferte, von unschätzbarem Wert bei der Entscheidungsfindung.

„Als ich die Transaktionsdokumente verglich, ist häufig der Name Kalu Kimbasi aufgetaucht. Wahrscheinlich ist das ein Deckname. Solltest du etwas freie Zeit haben, geh bitte der Sache nach. Wer weiß, wer sich hinter diesem Namen versteckt", forderte Arthur ihn auf.

„Werde ich machen", bestätigte James.

„Viel Erfolg mit den Sprengsätzen", wünschte Arthur.

„Wird schon schiefgehen", antwortete James und legte auf.

Noch bevor er die Unterhaltung verarbeitet hatte, verfasste James mit frischen Gedanken eine Textnachricht an Aleeke. Er sollte eine Hintergrundprüfung von Kalu Kimbasi durchführen. Nach wenigen Sekunden hatte er den Zweizeiler formuliert und schickten diesen ab.

KAPITEL 23

Lautes Klopfen an der Tür riss James aus seinem Schlaf. Ruckartig schoss er hoch. Eigentlich hatte er sich nur kurz ausruhen wollen, aber daraus waren fast zwei Stunden Tiefschlaf geworden.

„James, wir müssen los", schallte Aleekes Stimme durch die Tür, gefolgt von einem weiteren Klopfen an die Tür. Er hatte ganz vergessen, seinen Alarm zu stellen. Im Handumdrehen war er an der Tür und riss sie auf. Mit großen Augen stand Aleeke vor ihm. Sein Gesichtsausdruck sagte alles.

„Seit drei Minuten stehe ich hier schon vor der Tür", schimpfte er. „Wo ist dein Gepäck?"

„Dort drüben", antwortete James und zeigte mit dem Finger aufs Bett. Aleeke schob sich an ihm vorbei und nahm die beiden Taschen und den Koffer.

„Ich warte im Auto auf dich", sagte er nur, als er an James vorbeiging.

James ging zurück zum Bett und zog seine Schuhe an. Er griff sein Sakko vom Stuhl und verließ das Zimmer. Vor der Tür klopfte er alle Taschen ab. Er hatte alles dabei. Im Hintergrund war das Brummen des Motors zu hören. Er schloss die Tür ab, sprintete zum Empfang und knallte, ohne etwas zu sagen, den Schlüssel auf die Theke. Dann schoss er zum Auto. Aleeke war in der Zwischenzeit vorgefahren.

„Wir haben noch zwanzig Minuten Fahrt vor uns", sagte Aleeke, als er den Wagen in der Dunkelheit auf die Straße lenkte. Abgesehen von einzelnen Lkw waren sie die Einzigen, die in der Nacht fuhren.

„Hast du etwas Neues zu Kalu Kimbasi?", fragte James, während der Wagen ruhig vor sich hinglitt.

„Ich konnte auf die Schnelle nichts herausfinden. Ich habe die Informationen an einen IT-Spezialisten im Präsidialamt weitergeleitet. Er wird auch beim Treffen dabei sein", antwortete Aleeke und richtete seinen Blick wieder auf die Straße.

Hoffentlich kriegen wir dann heraus, wer hinter den Transaktionen steckt", sagte James.

Nach zehn Minuten auf der Autobahn bog Aleeke rechts ab. Sie befanden sich jetzt im Nirgendwo. Die einspurige asphaltierte Straße schlängelte sich durch die struppige Gegend. Mit jedem Kilometer zum Ziel nahmen die Schlaglöcher zu. Von der einst asphaltierten Strecke war jetzt nur noch Schweizer Käse übrig. Abgesehen davon war die Fahrt angenehm. Nicht zuletzt, weil Aleeke die größten Löcher umfuhr. Im Scheinwerferlicht erblickte James eine große Lagerhalle einige Hundert Meter vor ihnen. Nach einer langen Kurve steuerte Aleeke den Toyota in die Halle und parkte hinter drei Lkw. Beide stiegen gleichzeitig aus. Aleeke drückte James die zwei Taschen in die Hand und nahm den Koffer.

„Dort drüben ist der Eingang", erklärte er und zeigte auf das flimmernde Licht. Dahinter war eine alte Eisentür zu erkennen. Der Rost hatte sich schon am Boden durchgefressen. Auch die Scharniere strahlten wenig Vertrauen aus. Aleeke klopfte zweimal lang und dreimal kurz an. Einen Bruchteil später öffnete sich die Tür quietschend.

„Gut, dich zu sehen", grüßte der Wachmann, als Aleeke eintrat. James hingegen musterte er scharf.

„Das ist unser Gast", erklärte Aleeke, als James eintrat.

„Sieht man", entgegnete der Wachmann, als er den Riegel vorschob.

„Sind alle schon unten?", fragte Aleeke.

„Ihr seid die Letzten", antwortete der Wachmann.

Die Neonröhren beleuchteten den Weg. Das Licht reflektierte an den Wänden und prallte dann auf den Boden. Der gesamte Gang war in dieses diffuse Licht gehüllt. Langsam gingen sie die Treppe hinunter in den Keller. Am Ende des Ganges stand eine weitere Eisentür. Diese war aber in einem ausgezeichneten Zustand. James rieb sich die Augen. Dieser kurze Gang war weniger grell erleuchtet. Nur eine Glühbirne erhellte ihn. Vor der Tür standen sie im Halbschatten. Aleeke klopfte an, während James sich umdrehte. Abgesehen vom Klopfen war nur das Flackern der Lampe zu hören. Nach drei Sekunden wurde ihnen geöffnet.

„Endlich seid ihr hier", begrüßte sie Beti, als er Platz für Aleeke und James machte.

„Entschuldige die Verspätung", antwortete Aleeke, als er in den Raum hineintrat. Den Koffer stellte er einen Meter links entfernt von der Eingangstür an die Wand. James folgte ihm.

Auf der linken Seite des Raumes stand Jarule an einem Whiteboard, vor ihm ein Tisch, auf dem eine Mappe am linken Tischende lag. Die restliche Tischfläche war mit Bildern und Skizzen bedeckt. Zu Jarules linker Seite stand ein weiterer Tisch mit vier Stühlen. Am rechten Tischende saß ein Mann, der Aleeke zuwinkte. In der Mitte des Raumes saßen zwölf weitere Personen. Alle saßen sie kerzengerade mit perfekter Körperspannung auf alten Holzstühlen. Alle hatten sie den gleichen Haarschnitt.

„Darf ich Ihnen unsere letzten zwei Mitstreiter vorstellen?", sagte Jarule und zeigte als Erstes auf James und dann auf Aleeke. „Bitte setzt euch doch."

Die sitzende Männer murmelten unterschiedliche Begrüßungen und nickten dabei mit ihren Köpfen. Die genauen Laute gingen in der Masse unter, weshalb Aleeke und James dem Ganzen keine Aufmerksamkeit schenkten. Stattdessen nahmen sie ihre Plätze am Tisch neben Jarule ein. James stellte die Taschen ans Tischende und blickte auf seine Uhr. Sie waren fünf Minuten zu spät.

„Jetzt, da alle Beteiligten ihren Platz eingenommen haben, ist es Zeit, Ihnen den Plan vorzustellen", begann Jarule und heftete eine Karte des Komplexes ans Whiteboard. Während er die ersten Linien auf die Karte malte, wandte sich Aleeke dem Mann vor dem PC zu.

„Konntest du etwas in der Datenbank finden, Michael?", fragte Aleeke. Der schlaksige dünne Mann richtete kurz seine viel zu große Brille für das kleine Gesicht und drehte sich dann vom Laptop weg.

„Das Programm ist mitten in der Prüfung. In spätestens fünfzehn Minuten haben wir die Antwort", erklärte er und drehte seinen Kopf zum Laptop.

Mitten in der Präsentation brachte Beti eine Rollgarderobe mit Tarnuniform des Militärs in den Raum. Drei Minuten später zwei Rolltische. Auf dem einen waren Pistolen und auf dem anderen lagen Gewehre. Jarule verwies kurz auf die Ausrüstung und fuhr dann mit der Präsentation fort. Er erklärte, dass sie gefälschte Papiere für den Zugang zum Komplex hätten und fügte hinzu: „Alle Telefonleitungen vom und zum Komplex werden ab 2:55 Uhr umgestellt. Um 2:58 Uhr muss der Konvoifahrer die Zugangspapiere einem Wachmann am Tor übergeben. Zwei Minuten später, genau um 3:00 Uhr, wird das Mobilnetz abgeschaltet und der Evakuierungsplan in Kraft gesetzt. Sobald ihr euch auf dem Komplex befindet, wird ein Sonderkommando von vier Personen Eddi befreien, während die restliche Mannschaft beim Verladen der Sprengsätze hilft." Weiter ordnete Jarule an: „Im Komplex hat Aleeke das Sagen. Bei allen Sprengsatzthemen ist in jedem Fall auf James zu hören. Nach der Verladung begebt ihr euch sofort in Richtung Norden zum Transportflugzeug. Haben alle Fahrer die Strecke im Kopf?"

Ein kurzes Rascheln und Quietschen hallte durch den Raum, dann sprangen drei Uniformierte auf. Wie einstudiert ertönte von jedem der Einzelnen in kurzer Abfolge „Ja". Danach schoben sie wieder ihre Stühle zurecht und nahmen Platz.

„Damit jeder weiß, worum es geht, habe ich hier noch ein Bild", erklärte Jarule und klebte ein Foto eines Sprengsatzes ans Whiteboard. „Hier haben wir einen Fünf-Megatonnen-Sprengsatz. Genug, um ganz Jaunde in Schutt und Asche zu legen. Jeder der Sprengsätze wiegt zwei Tonnen und wir haben nur dreißig Minuten Zeit, diese zu verladen", fuhr Jarule fort und pausierte dann. Er ging zum Tisch und stützte sich ab, bevor er weitersprach. „Außerdem sind diese für den Transport noch nicht präpariert, was unser Zeitfenster verkleinert." Jarule drehte sich zur Seite, um James zu anzusehen. „James, könntest du das Thema bitte der Mannschaft genauer erklären. Du kennst dich mit den Einzelheiten besser aus."

James stand auf und ging zum Whiteboard. Jarule schritt zur Seite und setzte sich dann auf den vierten Stuhl. James gab eine kurze Einleitung zum Sprengsatz. Er erklärte, wie der Sprengsatz funktioniere und was es mit dem Zünder auf sich habe, dann schwenkte er zum Transport über. Er erklärte, dass die Zünder veraltet und in den letzten dreißig Jahren nicht richtig gewartet worden seien. Zwei der Kabel hätten einen Wackelkontakt und diese gelte es, auszutauschen. Ohne funktionierende Kabel könnte ansonsten eine Explosion entstehen. Als die Mannschaft das Wort Explosion hörte, fingen sie wild an, zu murmeln. Die Lautstärke stieg schnell ins Unermessliche.

„Meine Herren", sagte James laut und zeigte auf die schwarze Tasche am Tischbein. „Ich habe die Kabel dabei. Sie müssen sich keine Sorge machen. Der Austausch ist nur Routine. Wir hatten bisher nur keine Kabel zur Verfügung." Die Mannschaft beruhigte sich schließlich und Stille kehrte zurück in den Raum. „Genau genommen müssen wir nur die Kabel austauschen und die Sprengsätze verladen", erklärte James und drehte sich zu Jarule.

„Danke für die Darstellung", erwiderte Jarule, während er sich von seinem Platz erhob und zum Whiteboard schritt. Vor dem Whiteboard stehend faltete Jarule seine Hände und wandte sich dann den Uniformierten zu. Mit schnellen Blicken sah er jedem kurz ins Gesicht und dann in die Augen. In dem Augenblick, in denen er sie anschaute, sah er die Männer nicht als Einheit, sondern als Individuen, die ihm ihr Vertrauen schenkten. Zwar hatte er das Kommando, aber es handelte sich nicht um einen Militäreinsatz im herkömmlichen Sinne. Freiwillig hatten sie sich gemeldet. Jarule wusste um den Mut. Als er seinen Kopf durch den Raum geschwenkt hatte, schritt er zum Tisch und stützte sich mit den Händen ab.

„Wenn es noch Fragen gibt, dann ist jetzt der richtige Zeitpunkt, diese zu stellen", sagte er und wartete auf Resonanz.

Er wartete weitere fünf Sekunden und nahm dann seine Hände vom Tisch. „Genießt die Ruhe vor dem Sturm", sagte er und entließ die Mannschaft in die Pause. Die Uniformierten ließen sich nicht zweimal bitten und erhoben sich von ihren Plätzen. In wenigen Sekunden war die Quietschsymphonie beendet. Nun waren die Stühle leer. Kein Wippen und kein Stühlerücken war mehr zu vernehmen. Als der letzte Uniformierte den Raum verlassen hatte, übertönten nur noch das Zusammenpacken von Jarules Blättern und der Computerlüfter die Atemgeräusche der Zurückgebliebenen.

Während Jarule seine Dokumente zusammenpackte, betätigte Michael eilig die Tastatur seines Notebooks. Als er das letzte Wort eintippte, fror er ein. Er rieb sich die Augen und richtete sich die Brille auf der Nase.

„Aleeke, sieh dir das mal an", forderte Michael und zeigte mit dem linken Zeigefinger auf den Bildschirm. Mit der rechten Hand scrollte er den Bildschirm immer wieder hoch und runter. Aleeke lehnte sich nach vorne. Mit intensivem Blick und starrer Miene folgte er Michaels Finger zu jeder Position auf dem Bildschirm. Seine Augen sprangen von Punkt zu Punkt wie die Augen der Zuschauer bei einem Pingpongspiel, die nicht ihren Blick vom Ball lassen konnten. Dann lockerte sich sein Gesicht. Die Augen verloren ihr Feuer und wurden weich. Sein Kiefer klappte herunter, als ob er ein Gespenst gesehen hätte.

„Ist das wahr?", fragte Aleeke aufgebracht.

„Ich habe die Sache mehrmals geprüft. Alle Informationen sind korrekt", antwortete Michael.

Aleeke sprang auf. Er raste hinüber zur Tür, wo Beti stand, und drückte ihn an die Tür.

„Stimmt es, dass du die Transaktion manipuliert hast?", schrie er ihn an. Beti versuchte, etwas zu sagen, aber es kam nur Gestotter hervor. Zu überrascht war er.

„Spuck es aus, du Schwein. Für wen arbeitest du?", fauchte ihn Aleeke an. Diesmal noch aggressiver als beim ersten Mal. Beti konnte sich in der Zwischenzeit von Aleeke losreißen und machte einen Schritt von ihm weg.

„Wovon redest du überhaupt?", fragte er.

„Hör auf, zu lügen. Wir wissen, dass du für Hondo arbeitest", fauchte Aleeke und machte einen Schritt auf Beti zu.

„Ich soll für Hondo arbeiten? Wer hat dir denn den Unsinn erzählt?", wich er aus, während er sein Hemd richtete.

„Wir haben die Datenbank im Präsidialamt ausgelesen. Der Name Kalu Kimbasi steht dort neben jeder Wirtschaftstransaktion aus den USA", erklärte Aleeke. „Wir wissen, dass du hinter dem Namen stehst, also versuch nicht, uns für dumm zu verkaufen."

„Ja, ich habe die Überweisung getätigt", gab Beti zu. „Es ist aber nicht so, wie du denkst", gab er zu, aber es war zu spät. Aleeke war nicht mehr zu halten. Er sprang mit einer geballten Rechten auf ihn zu. Beti nahm die Arme hoch, um den Schlag zu blocken. Aber Aleeke hatte ihm eine Finte gestellt. Jetzt bohrte sich seine Faust in seine linke Magenkuhle. Beti zuckte zusammen. Aleeke war dabei, erneut auszuholen, da schrie Jarule vom Tisch: „Halt! Was geht hier vor sich?". Dann legte er die Akte auf den Tisch und eilte zum Geschehen an der Tür. Auch James war jetzt vor Ort. Nur Michael saß noch an seinem Platz und blickte auf den Bildschirm, als ob nichts gewesen wäre. Aleeke nahm seine Hände herunter und erlaubte Beti so, etwas Raum zu gewinnen.

„Der Kerl dort", schimpfte Aleeke und zeigte auf Beti, „hat die Überweisungen manipuliert."

Beti fasste sich mit der linken Hand an die Magenkuhle, während er Jarule anblickte.

„Er ist ein Doppelagent", bekannte Jarule.

Aleeke konnte seinen Ohren nicht trauen. „Was zum Henker geht hier vor?", fragte er und blickte aufgebracht Jarule an. „Warum wusste ich davon nichts? Warum wusste keiner etwas davon?"

Jarule erklärte, dass Beti vor zehn Jahren die Gunst Hondos gewonnen habe. Seit diesem Augenblick sei er in die wichtigsten Angelegenheiten eingeweiht worden. Was Hondo aber nicht gewusst habe, war, dass Beti als Doppelagent fungierte und alles an Jarule weiterleitete. Wöchentlich tauschten sich die beiden aus. Meistens nutzten sie dafür lange Autofahrten. Ungestört konnten sie sich überall in Jaunde treffen und blieben von fremden Blicken verschont. Vor zwei Monaten habe Hondo ihm erzählt, dass Kamerun Wirtschaftshilfe beantragt habe. Hondo habe vor Wut getobt. Ihm passte der Gedanke überhaupt nicht. Er erzählte Beti, dass die USA versuche, Kamerun mit ihrem dreckigen Geld zu kaufen.

„Sein genaues Vorhaben ist uns erst seit dieser Woche bewusst. Ich habe Beti damals gesagt, dass er alles tun solle, um was ihn Hondo bitte. Wir konnten nicht riskieren, aufzufliegen. Somit setzte Beti ein Überweisungssystem auf, das Hondo ermöglichte, sämtliche Wirtschaftsgelder umzuleiten. Die Konten, auf die das Geld überwiesen wurden, stammen alle aus Hondos Hand. Uns war nicht bewusst, dass es sich um Schwarzgeldkonten der Mafia handelt. Vor zwei Wochen hat er alle Kontakte zu Beti abgebrochen. Seine Dienste würden nicht mehr benötigt, war die offizielle Erklärung. Seit diesem Zeitpunkt haben wir keinen direkten Zugang mehr zu Hondo. Immerhin können wir das erlangte Wissen nutzen, um ihm jetzt einen Denkzettel zu verpassen."

Man konnte Aleeke ansehen, wie er versuchte, seine Aggressionen in den Griff zu bekommen. Die kanalisierte Wut, die vor fünf Minuten noch Beti galt, hatte jetzt Hondo als Ziel. Während er Beti seine rechte Hand zur Entschuldigung gab, trat James an Jarule heran.

„Warum hast du nie das Wissen von den Schwarzgeldkonten oder Betis Aktivitäten mit uns geteilt?", fragte James verwundert.

„Wir wussten bis vor Kurzem auch nicht genau, was er mit dem Geld vorhat. Wir gingen davon aus, dass er die Gelder auf sein Privatkonto umleitet", entschuldigte sich Jarule und sah Aleeke an. „Dass er so skrupellos ist, konnten wir nicht ahnen."

James war einsichtig. Er selbst konnte diesen Ereignisstrudel auch nicht deuten. Zu sehr hatten sich die Ereignisse überschlagen, weshalb er Jarule nickend zustimmte.

Jarule blickte auf die Uhr. „Fünfzehn Minuten sind um", erklärte er. „Beti, hol bitte die Mannschaft rein."

Eine Umdrehung brauchte Beti nur und er war hinter der Tür verschwunden. Aleeke begab sich in der Zwischenzeit zum Kleiderständer. Er nahm eine Uniform heraus und hielt sie vor sich hin. Er hob den Ärmel und warf einen prüfenden Blick auf die Hose.

„Die Uniform müsste dir passen", rief Aleeke James zu und wedelte mit der Uniform. James verlor keine Zeit und ging hinüber. Als James die Uniform aus Aleekes Hand schnappte, blickte dieser erneut die Garderobe an, dann griff er nach einer weiteren Uniform und hielt diese an seinen Körper. Als Aleeke und James sich vom Kleiderständer entfernten und hinüber zu ihrem Sitzplatz gingen, traf die Mannschaft aus ihrer Pause zurück im Raum ein. Wie bei einem Drill nahm sich jeder der Männer eine passende Einsatzuniform vom Kleiderständer. Es konnte gar nicht schnell genug gehen. Jeder der Beteiligten suchte sich einen Platz und machte sich an die Arbeit. Die Hosen und Hemden wurden förmlich vom Körper gerissen. Kurze Zeit später waren alle eingekleidet und holten sich bei Beti ihre Schusswaffen ab.

Aleeke kam mit einer zweiten Pistole auf James zu. Die andere hatte er schon im Halfter. „Schon mal eine benutzt?", fragte er, als er ihm die Pistole entgegenstreckte.

„Ja", antwortete James, als er sie entgegennahm. Er blickte nur kurz auf den Lauf, dann auf den Griff. Sie machte einen geladenen Eindruck. Mehr interessierte James nicht. Geradeaus schießen konnte er nur nicht besonders gut. Ohne die Pistole einer genauen Inspektion zu unterziehen, steckte er sie in sein Halfter.

„Alle zuhören", schrie Jarule von der Tür aus. „Der Auftrag ist im Grunde ganz simpel. Rein, umladen und raus."Jarule holte kurz Luft und sah die letzten zwei Gewehre auf dem Tisch an. Eines war für A-leeke und das andere für James bestimmt. James hatte Aleeke aber schon deutlich gemacht, dass er dieses nicht benötige. Als Aleeke seines in die Hand nahm, fuhr Jarule fort. „Die Schusswaffen sind nur für den Notfall." Alle Beteiligten nickten. „Dann nach oben. Es ist gleich 2:00 Uhr."

Die Mannschaft stürmte die Treppe hinauf zu den drei Lkw. James und Aleeke folgten mit Abstand. Sie waren die Letzten, die ihre Plätze auf der Ladefläche des hintersten Lkw einnahmen. Beide schoben sich hintereinander an zwei Kameraden vorbei, bückten sich und drückten ihre Körper zwischen Fahrerkabine und eine tarnfarbene Plane, die das Fahrerhaus von der Ladefläche abtrennte. Dies war ideal für den Einsatz, da sich James und Aleeke dort verstecken konnten. Jeder Lkw war mit einem Fahrer, Beifahrer und zwei Gehilfen bestückt.

Wenig später schlug es 2:00 Uhr. Ein kurzes Ruckeln und die Lkw donnerten aus der Lagerhalle. Röhrend rollten sie langsam über Seitenstraßen durch die Nacht. Der schnellere Weg über die Autobahn war keine Option, da sie kein Aufsehen erregen wollten. Angespannt wartete James auf der Ladefläche die Reise ab. Sein Herz pochte dabei mit jedem Schlagloch mehr.

KAPITEL 24

Schneller als erwartet waren die Lkw am Ziel angekommen. Im Schutz der Dunkelheit hielten sie hinter einer Erhöhung. Aleeke schob die Abdeckung zur Seite, um einen besseren Blick zu erhalten. Die beiden Mitstreiter auf der Ladefläche blickten auf die Kieshügel vor sich. Mehrere standen nebeneinander. Sie erstreckten sich über fünf Kilometer. Eigentlich hatten sie für den Straßenbau von vor zwanzig Jahren benutzt werden sollen. Stattdessen waren die Gelder für einen Park in Jaunde verwendet worden. Der Verkehr zum Militärkomplex war ohnehin überschaubar. Das Flutlicht des Militärkomplexes war hinter den Kieshügeln zu erkennen. Das grelle Licht durchbohrte die Nacht ohne Mühe. Es gab keine Bäume, die der schützenden Nacht Asyl boten. Abgesehen von den Kieshügeln war jegliche Art von Schatten spendender Vegetation in einem Umkreis von zwei Kilometern gerodet worden. Hinter den Kieshügeln würde die Nacht zum Tag werden. Als die Uhr 2:52 Uhr schlug, zog Aleeke die Plane zu.

„Wird schon schiefgehen", meinte er.

Während Aleeke die Situation gelassen zu nehmen schien, war James damit beschäftigt, sich auf den Start vorzubereiten. Für solche Späße hatte er in diesem Moment nichts übrig. Er lächelte zwanghaft und hielt sich an der Bank fest. Der Motor des Lkw startete und dann ging es weiter. Nach einem kurzen Halbkreis nahm er mehr Fahrt auf und donnerte den Schotterweg für die restlichen drei Kilometer zum Stützpunkt entlang. Nach einem kurzen Sprint rollte er langsam aus. Dann war alles ruhig. Es war nichts zu hören, bis Aleeke und James Fußstapfen vernahmen. Sie wurden immer lauter. Mittlerweile waren sie auf der Ladefläche. Das metallische Geräusch wurde immer lauter.

„Ich kann Ihnen versichern, dass wir hier nichts haben", erklärte der Konvoileiter. „Wir sind nur hier, um einige Kisten abzuholen."

„Vorschriften sind Vorschriften", hallte es von der Ladefläche.

Die Person war jetzt gefährlich nah. Es fehlten nur noch drei Schritte und sie wäre an der trennenden Plane angekommen.

Aleeke und James drückten sich immer weiter gegen die Wand. Sie pressten sich so hart dagegen, dass sie beinahe eins mit der Dunkelheit wurden. Mit jedem weiteren Schritt pressten sie ihre Körperteile tiefer in die schützende Dunkelheit hinein. James konnte eine Hand sehen, wie sie die Plane ein Stück zur Seite zog. Es war nur ein kleiner Spalt. Aber es reichte, um das Innere mit Licht zu fluten. Dann ertönte eine Sirene. Im Handumdrehen ließ der Wachmann die Plane los und sprintete die Ladefläche hinunter.

„Was ist hier los?", fragte der Konvoileiter.

„Eine Sekunde", antwortete der Wachmann.

Beide waren schwer zu verstehen. Der ohrenbetäubende Lärm der Sirene zwang die beiden, sich anzuschreien.

„Sollen wir uns hier jetzt die Füße in den Bauch stehen? Der Auftrag wurde von ganz oben abgesegnet. Wenn Sie sich selbst ein Bild von der Lage machen wollen, dann rufen sie doch an. Auf den Unterlagen steht die Nummer", schrie der Konvoileiter mit tosender Stimme.

Der Wachmann blickte durch die Papiere. Verwirrt durch den Lärm wühlte er sich dann ein zweites Mal durch die Unterlagen. Diesmal noch schneller als beim ersten Mal.

„Was ist denn jetzt los? Soll ich Ihnen den Befehl vorlesen?", fragte der Konvoileiter.

„Sie können passieren", antwortete der Wachmann und drückte ihm die ungeordneten Unterlagen zurück in die Hand. Mit schnellen Schritten lief er zum Wachhaus, um die Schranke zu öffnen.

Sobald der Konvoileiter eingestiegen war, fuhren die Lkw los. Sie passierten die Absperrung und donnerten zur Lagerstätte der Sprengsätze. Dann verstummten sie.

„Wir sind angekommen", rief Aleeke, während er die Rampe hinuntersprang. Nun schrie er Befehle in alle Himmelsrichtungen. Mit jedem erteilten Befehl lichtete sich die Anzahl der Männer um ihn herum.

Zum Schluss waren sie nur noch zu dritt. Die Soldaten des Militärkomplexes waren überall zu sehen. Wie Ameisen schwärmten sie aus. Alle folgten einem strikten Ablauf. Wie programmiert rannten sie von einem Punkt zum anderen. Benebelt vom Lärm beachtete keiner die drei Lkw. Keiner sah, wie sie ihre Ausrüstung von der Ladefläche nahmen und sich an die Arbeit machten. Inmitten der Verwirrung winkte Aleeke James zu sich hin. In Windeseile schritten sie die Treppe zur Tür hinauf. Ein letztes Mal mussten sie bangen, als sie die Karte durch den Schlitz neben der Tür zogen. Aber die Sorge war unberechtigt. Nun waren sie im Innern angekommen. Sie rannten die Treppenstufen hinunter. Der Raum war hell erleuchtet. Die Schleuse zu den Sprengsätzen stand weit offen. Zwei Hosen lagen auf dem Boden neben der Bank. James verlor keine Zeit. Fürs Umziehen war in diesem Moment keine Zeit. Er nahm sich ein paar Handschuhe und durchquerte die Schleuse mit seiner schwarzen Tasche. Er ging direkt zum ersten Sprengsatz neben der Tür. Er kniete an der Seite des Sprengsatzes nieder und entfernte eifrig die Schrauben. Vorsichtig nahm er die Schutzkappe ab und legte sie zur Seite. Vor ihm war nun ein Gewirr von Drähten. James griff in seine Tasche und entnahm vorsichtig einen Schaltkreis und legte diesen neben sein rechtes Knie. Erneut blickte er auf die Kabel und fing an, mit seiner Hand die Drähte abzutasten. Als er die Kontakte sah, drückte er die Kabel sanft zur Seite. Mit äußerster Behutsamkeit bewegte er die Drähte von sich weg, um Platz für die C-19-Platine zu schaffen. Er kapselte einen Satz Kabel von der Bombe ab und verband diese mit der Platine. Die abstehenden Kabel der Platine verkoppelte er mit dem Sprengsatz. Als er das letzte Kabel eingesteckt hatte, überprüfte er die Verbindungen visuell. Die Platine fing an, zu leuchten. Das grüne Licht blinkte auf der Anzeige. Zufrieden lehnte sich James langsam zurück, dabei verlor er nicht für einen Moment den Blick von der Anzeige. Angespannt drückte er auf die Bestätigungstaste neben dem grünen Display. Nun rotierten schwarze Zahlen auf der Anzeige. Wie ein Wirbelsturm drehten sich die Zahlen schneller und schneller.

James stand auf. Wie in Trance starrte er auf die Anzeige. Die Zahlen hörten nicht auf, sich zu drehen. James' Herzschlag erhöhte sich. So was hatte er bisher noch nicht erlebt. Die Geschwindigkeit nahm nicht ab. James drehte seinen Kopf hin und her. Sein Gesicht war erstarrt. Ihm fiel das Atmen schwer. Als er seinen Blick erneut auf den Sprengsatz richtete, sah er an der ersten Stelle der neunstelligen Anzeige eine Eins. James war erleichtert. Eine Eins bedeutete, dass das System alles als normal einstufte. Erleichtert atmete er auf. Nun nahm er die Abdeckung in die Hand und schraubte sie auf den Sprengsatz.

„Können wir mit dem Verladen beginnen?", hallte es durch die Schleuse. Aber James hatte nur Augen für die Schrauben. Behutsam drehte er sie in ihre Plätze. Mit Tunnelblick blendete er alles andere aus.

Die drei Männer befanden sich am letzten Fenster, vom Eingang aus gesehen neben der Schleuse und blickten hindurch. Einer saß auf dem Gabelstapler. Die anderen beiden hielten Seile und Verladungsmaterialien bereit. Angespannt verfolgten sie seine Bewegungen. Ohne weitere Zwischenrufe ließen sie ihn in Ruhe zu Ende schrauben. Ihre Blicke sprangen gelegentlich zu den anderen Sprengsätzen, aber wie ein Gummiband sich bei zu großer Ausdehnung zusammenzog, so konnte sich ihre Neugier nur kurz von James abwenden, bevor die Neugier siegte und sie zum Geschehen zurückzwang. Als die letzte Schraube festgezogen war, strich James über die Abdeckung. Alles war an seinem Platz. Er stand auf und drehte seinen Körper langsam zu den Männern. Während sich sein Körper drehte, blieb sein Blick auf den Zwei-Tonnen-Koloss gerichtet. Erst als er die Spannung im Hals spürte, wandte er seinen Kopf und richtete seinen Blick auf die drei Männer.

„Diese hier ist fertig", sagte James und zeigte mit seinem rechten Zeigefinger auf den Sprengsatz neben sich. Dann nahm er seine schwarze Tasche vom Boden und begab sich zum nächsten Sprengsatz. Fein säuberlich lagen die Sprengsätze nebeneinander aufgereiht und schliefen. Zum ersten Mal seit über dreißig Jahren würden sie eine Reise antreten. Ihre letzte Reise. Darüber gab es keinen Zweifel. James kniete sich neben der zweiten Bombe nieder. Während die drei Männer sich daran machten, das ersten Ungetüm für den Gabelstapler zu präparieren, schraubte James die Schutzhülle langsam ab. Diesmal musste er ein neues Kabel einstecken. Vorsichtig drückte er die Drähte zur Seite, um genug Platz fürs Einstecken zu haben. Er nahm das Kabel und bewegte es langsam in die freie Öffnung. Ungewiss, ob der Stecker passte, ging er die Sache vorsichtig an. Nach dem letzten Zentimeter war es so weit. Die Kontakte hakten ein und gaben ein Klickgeräusch von sich. Beruhigt nahm er die Hand weg und die Drähte sprangen in ihre Ausgangsposition zurück. Wie ein Urwald verschluckten die alten Kabel das neu angebrachte inmitten von ihresgleichen. Die meisten Drähte waren schwarz und hatten die gleichen Maße wie das Kabel, das James anbrachte. Die Verkabelung war einfach gehalten. Es ging darum, den Aufbau so einfach wie möglich zu halten. Nur zwei Drähte waren anders. Eins war rot und das andere blau. Deren Funktion diente ausschließlich der Stromversorgung. James griff in seine Tasche und nahm eine weitere C-19-Platine zur Hand. Mit einem Gefühl von Routine verband er den Sprengsatz mit der Platine. Dann startete er die Anzeige der Platine und schaute gespannt zu.

Die drei Männer waren inzwischen dabei, den ersten Sprengsatz durch die Schleuse nach draußen zu bewegen. Langsam zog der Gabelstapler den Sprengsatz hinter sich her. Die Männer hatten aus einem Nebenraum einen Rolluntersatz besorgt und mithilfe des Staplers den Sprengsatz darauf platziert. Als sie auf der anderen Seite der Schleuse angekommen waren, blickte James auf die Anzeige herab. Error 851 blinkte ihn an. Er wischte sich mit dem Unterarm über die Stirn. Auf einmal wurde ihm so heiß. Von diesem Fehler hatte er noch nie etwas gehört. Er wusste nur, dass es sich bei den 800er-Errors um elektronische Probleme handelte. Aber viel mehr war ihm nicht bekannt.

Nervös lehnte er sich dicht über die Anzeige. Mit hastigem Blick prüfte er die Verbindungen der Kabel. Alles war korrekt verbunden.

„Wir haben ihn", hallte es den Gang entlang durch die Schleuse. James wandte sich von den Kabeln ab und drehte seinen Kopf zur Scheibe. Aleeke schritt an den Scheiben vorbei und steuerte direkt auf die Schleuse zu. Neben ihm war Eddi. Aleeke blieb an der letzten Scheibe stehen, während Eddi weiterging.

„Bringen wir es hinter uns. Ich habe kein Bedürfnis, hier auch nur eine Sekunde länger zu bleiben", meinte Eddi, als er auf James zutrat.

„Zum Glück bist du hier", sagte James nur.

Während er die Handschuhe anzog, sah Eddi die Error-Nachricht auf dem Display blinken.

„Error 851", murmelte Eddi langsam, als er vor dem Sprengsatz niederkniete.

„Vielleicht liegt es am neuen Kabel. Beim ersten Sprengsatz lief alles glatt", erklärte James.

„Die neue Hardware scheint dem alten Ding zu schaffen zu machen", meinte Eddi.

„Was hast du vor?", fragte James, als er aufstand, um Eddi mehr Platz zu lassen.

„Lass mich nur machen", antwortete Eddi und fing an, die Kabel umzustecken. Er nahm alle Kabel von der Platine ab und verband sie dann erneut in einer anderen Reihenfolge. James konnte den schnellen Handbewegungen von Eddi kaum folgen. Im Handumdrehen hatte er alle Kabel bis auf eines verbunden.

„Mal sehen, ob es funktioniert", sagte Eddi und steckte das letzte Kabel in die Platine. Gespannt blickte James auf die Anzeige. Mit dem Klicken des letzten Kabels erlosch die Error-Nachricht auf der Anzeige. Erneut erschien eine Eins auf der Anzeige. „War doch nicht so schwer", meinte Eddi, während er die Hülle verschraubte. Selbst mit Eddis Hilfe würden sie zehn Minuten hinter dem Zeitplan liegen. Zu sehr hatte sie die letzte Error-Nachricht beschäftigt. James nahm die schwarze Tasche und schob sie neben Eddi. Während dieser die Schrauben am Sprengsatz lockerte, gab James dem Gabelstaplerfahrer Anweisungen. Als James zu Eddi hinübersah, machte sich der Staplerfahrer mit dem zweiten Sprengsatz auf den Weg. Zentimeter um Zentimeter schob sich der Sprengsatz durch die Schleuse. Als er nicht mehr zu sehen war, wandte sich James zu Eddi. Dieser war bereits dabei, alle Kabel auf der C-19-Platine einzustecken.

„Wie schaut es aus?", fragte James.

„Läuft alles wie geschmiert", antwortete Eddi, ohne seinen Blick von den Kabeln zu nehmen. Eddi musste nur noch zwei Kabel einstöpseln. Als das letzte in der Buchse war, richtete er sich auf. Die Zahlen drehten wie bei einem einarmigen Banditen. Angespannt fieberte Eddi bei den Drehungen mit. Als die Eins auf der Anzeige stand, drehte er seinen Kopf zu James. „Klappt doch alles", brach es aus Eddi heraus.

Erleichtert wischte sich James den Schweiß von der Stirn und drehte sich zum Fenster neben der Schleuse. Vergeblich suchte er nach den drei Transporteuren.

„Was liegt hiernach an?", fragte Eddi, während er die letzte Schraube zurück in den Sprengsatz drehte.

„Jetzt müssen wir die Ladung nur zum Flughafen bringen", antwortete James. Eigentlich war es kein Flughafen, sondern nur eine Piste im Norden des Militärkomplexes, aber was spielte das schon für eine Rolle? Während James und Eddi sich über die Sprengsätze unterhielten, kamen die drei Männer mit dem Gabelstapler zurück. James und Eddi machten sich auf zu den Lkw. Zwei Sprengsätze waren mittlerweile verladen und der letzte traf gerade ein. Der Lärm hatte in den letzten dreißig Minuten nicht nachgelassen. Vereinzelt waren noch Soldaten zu sehen. Die Mehrheit hatte in der Zwischenzeit den Komplex verlassen. Was vorher wie eine hektische Ameisenwanderung ausgesehen hatte, war jetzt zu einem leblosen Landstrich verkommen. Eddi schien die Gefangenschaft gut überstanden zu haben. Aber James wollte Gewissheit.

„Hat man dich gut behandelt?"

„Gibt angenehmere Sachen", antwortete Eddi.

„Gut, dass du wohlauf bist", meinte James.

„Ich will hier nur noch weg", sagte Eddi und drehte sich von James weg. Dieser ging zu den Lkw, um die Ladung zu inspizieren. Während er an den Sicherheitsgurten zurrte, hob der Stapler den dritten Spreng-satz auf die Ladefläche des hintersten Lastwagens. Die Männer mach-ten sich daran, die Bombe festzuziehen, während Aleeke ihnen die letz-ten Anweisungen gab. James tastete die Gurte zur Sicherheit ein zwei-tes Mal ab. Immerhin war es der Lkw, auf dem er reisen würde.

„Wo soll ich mitfahren?", fragte Eddi und legte die schwarze Tasche vor James ab.

„Du fährst bei uns mit", antwortete James.

Der Letzte, der aufsprang, war Aleeke. Er rannte die Laderampe ent-lang und klopfte an die Fahrerkabine. Noch bevor er sich setzen konnte, fuhr der Fahrer los. Beinahe wäre er hingefallen, wenn ihn James nicht im richtigen Moment aufgefangen hätte.

James blickte nicht zurück, als sie den Komplex verließen. Dieses Abenteuer lag jetzt hinter ihnen.

„Entspann dich nicht zu sehr. In zehn Minuten sind wir bei der Lan-debahn", warnte Aleeke.

„Zehn Minuten ist alles, was ich brauche", erwiderte James.

Verdutzt schaute Eddi die beiden an. Dann warf er einen kurzen Blick in Richtung Straße. Sein Gesicht war voller Fragen. Selbst in der Dunkelheit war dies nicht zu übersehen. „Fahren wir nicht nach Süden zum Flughafen?"

„Nein, wir fahren Richtung Norden", antwortete Aleeke. „Dort war-tet eine Maschine auf uns."

Der Konvoi bog rechts auf eine Schotterpiste ab. Das Tempo wurde leicht gedrosselt. Der Sprengsatz vibrierte bei jedem Schlagloch. Es war ein unheimliches Gefühl für James, dieses Zwei-Tonnen-Instrument wackeln zu sehen.

In einem unbeachteten Moment nahm der Lkw ein großes Schlag-loch mit. Erst der rechte Vorderreifen, dann die Hinterreifen. James und Eddi verloren das Gleichgewicht und stürzten auf die Ladefläche. Als ihre beiden Körper zum Liegen kamen, hörte James etwas Plastikarti-ges auf der Ladefläche klappern. James' Blick schoss hinüber zum Sprengsatz. Vielleicht war etwas beim Zünder locker geworden. Aber er lag falsch, das Geräusch kam von der anderen Seite. Immer noch klapperte es auf der Ladefläche, als ob dort ein Plastikbecher hin und her springen würde. James folgte dem Geräusch mit seinen Augen. Als er glaubte, die Geräuschquelle erkannt zu haben, wischte Eddis Arm über die Stelle. Nun war nichts mehr zu hören. Es war zu dunkel, um etwas Genaues zu sehen. James bemerkte nur, wie Eddi den Arm anwinkelte und etwas in seine Tasche steckte. Ohne weitere Zeit zu verlieren, rafften sich beide wieder auf.

„Hast du das Klappern auch gerade gehört?", fragte James, als beide wieder Platz genommen hatten.

„Meinst du das Klappergeräusch?", fragte Eddi nach.

„Genau", bestätigte James.

„Ich habe erst gedacht, dass es der Sprengsatz ist. Aber es war eindeutig etwas anderes."

„Als ich in die Richtung des Geräusches greifen wollte, war es bereits verschwunden", erklärte Eddi.

James warf einen weiteren Blick auf die Stelle, wo er das Geräusch vermutet hatte, dann drehte er seinen Kopf und schaute auf ein Flugzeug einige Hundert Meter entfernt. Die Herkulesmaschine stand auf der Piste bereit zum Abflug. Das Positionslicht blinkte oberhalb des Cockpits. Signallichter markierten die Landebahn. Der Konvoi machte einen Bogen um die Maschine und kam langsam zum Stehen. Aleeke war der Erste, der abstieg.

„Alles absteigen", schrie er. Wenig später war die gesamte Mannschaft vor ihm versammelt. Er brüllte einige Befehle in deren Gesichter und dann rannten sie los. Jeder Handgriff saß. In wenigen Minuten waren alle Sprengsätze zum Abladen bereit.

Abgesehen vom Konvoi war noch ein Tankwagen und ein kleinerer Lkw vor Ort. Während die Männer dabei waren, den ersten Sprengsatz zu entladen, begab sich James zur Maschine. Der Transportflieger hatte schon besserer Tage gesehen, trotzdem war er in einem ausgezeichneten Zustand. Der Innenraum der Maschine war für den Transport von schwerer Fracht präpariert. Alle Sicherheitsvorrichtungen wie Seile und Gestelle waren vorhanden. Auch sein Koffer und der Trolley standen neben der Eingangstür zum Cockpit bereit. Dann nahm James das Cockpit ins Visier. Langsam drückte er die Klinke runter.

„Haben Sie die Koordinaten erhalten?", fragte James, als er über die Türschwelle trat.

Der Pilot wandte sich von den Geräten ab und überließ dem Co-Piloten die letzte Prüfung. „Ja", antwortete er und verwies auf die Mappe in seiner Hand.

„Auch die Informationen über die Verladung in Lagos?", fragte James, während er die Mappe ansah.

„Es werden dort zwei Lkw für den Transport zum Flughafentransport bereitstehen", antwortete der Pilot und entnahm ein Dokument aus seiner Mappe.

James stützte sich am Stuhl ab, um das Dokument besser zu betrachten. Zwei Lkw und Verpackungsmaterial waren auf dem Dokument vermerkt. Die Größe war mehr als ausreichend für die drei Sprengsätze. Er nickte zustimmend und ließ vom Sitz ab. Der Pilot drehte sich um, steckte das Dokument zurück in seine Mappe und erteilte dem Co-Piloten weitere Befehle.

Zufrieden mit der Ausrüstung begab sich James zurück zu den Lkw. Während er die Laderampe hinunterschritt, rollte ihm bereits der erste Sprengsatz entgegen. Wie einstudiert bewegten sie das Ungetüm Stück für Stück die Laderampe hoch. Alles war auf den Einsatz ausgelegt. Jedes Wort diente der Sache.

„Wenn wir uns beeilen, dann können wir um 4:30 Uhr starten", verkündete Aleeke, als James die Laderampe verließ und auf den staubigen Grund trat.

„Hast du den Piloten gesehen?", fragte Aleeke.

„Habe die Lage schon geprüft", antwortete James. „Alle Dokumente sind vorhanden."

Abgesehen vom Lärm des Gabelstaplers war es ruhig. Keine Sirene. Keine Soldaten, die auf und ab gingen. James und Aleeke konnten sich auf die Verladung der Fracht konzentrieren. Die Männer ließen die Arbeit leicht aussehen. Es erschien James, als ob sie mit der Arbeit Erfahrung hätten. Wenn er es nicht besser wüsste, würde er es sogar glauben. Während die Männer den Sprengsatz festzurrten, suchte James nach Eddi. Verunsichert ging er alle Lkw ab, aber nirgends fand er ihn. Schlussendlich ging er zurück zur Rampe. Als James die Männer beäugte, wie sie die Rampe hinunterschritten, trat Eddi von links auf die Rampe.

„In fünf Minuten hebt die Maschine ab", sagte Aleeke, als die Männer festen Boden unter den Füßen hatten. Die drei schritten zusammen ins Flugzeuginnere. James setzte sich auf einen ausklappbaren Sitz schräg gegenüber der Tür und lauschte Aleekes Kommando an den Piloten. Als Aleeke seine Ansage beendet hatte, erhöhte sich die Klickrate aus dem Cockpit. Die Piloten waren dabei, alle Instrumente einzuschalten.

„Viel Erfolg auf der restlichen Reise", wünschte Aleeke, als er neben James Halt machte.

„Was machst du jetzt?", fragte James und blickte ihn vom Sitz aus an.

„Mach dir keine Sorgen. Wir kommen schon klar", antwortete Aleeke. „Wenn wir alles erfolgreich überstanden haben, müssen wir das Ereignis feiern."

„Garantiert", rief ihm James nach, während Aleeke die Rampe hinunterschritt.

„Endlich verlassen wir diese Einöde", murmelte Eddi, als sich die Rampe schloss.

KAPITEL 25

„Noch fünfzehn Minuten bis zur Landung", hallte es durch den Lautsprecher in den Frachtraum. Noch rechtzeitig vor dem Start hatte James eine E-Mail an John verschickt. Während des Fluges war keine weitere Kommunikation vom Handy aus möglich. Es ging ihm um die Fracht- und Zolldokumente für den Flug in die USA. Ohne diese würde er es bei der Landung schwer haben. John hatte ihm einen Ansprechpartner versprochen. Jetzt war die Zeit gekommen, er brauchte den Namen. Gereizt steckte er sein Mobiltelefon in sein Sakko. Die Uniform hatte er während des Fluges ausgezogen.

„Bitte machen Sie sich jetzt für die Landung bereit", hallte es erneut aus dem Lautsprecher. James schnallte sich an und bereitete sich auf die Landung vor.

„Sind wir schon zu Hause?", fragte Eddi, als er aus seinem Schlaf erwachte.

„Mit der nächsten Maschine geht es in die USA", antwortete James. Eddi stieß ein Grummeln aus. „Wohin genau?"

„Nach Florida", antwortete James mit starrer Miene.

„Wird auch Zeit", antwortete Eddi und richtete seinen Gurt, der sich während des Schlafs gelockert hatte.

„Festhalten", rauschte die Stimme des Piloten aus dem Lautsprecher.

Das Flugzeug war weder gut isoliert noch mit Komfort ausgestattet. Jeder Stein auf der Landebahn war zu spüren. Der Lärm der Propeller war bei der Landung noch deutlicher zu vernehmen als vorher. Langsam rollte die Maschine auf der Landebahn aus, bis sie schließlich zum Stehen kam.

„Meine Herren, wir sind gelandet. Willkommen in Lagos", knisterte es durch den Lautsprecher.

„Verdammt, bin ich froh, wenn der Albtraum hinter mir liegt", meinte Eddi und schnallte sich ab. Er machte sich auf zur Laderampe und ließ diese herunter. Hinter dem Flugzeug warteten zwei Laster mit laufendem Motor. Ein weiterer stand abseits des Geschehens. Drei Blaumänner begaben sich ins Innere der Transportmaschine. In kürzester Zeit hatten sie den ersten Gurt gelockert und fummelten am zweiten herum. Ein vierter Mann kam rückwärts mit einem Gabelstapler die Rampe hoch. Während der Staplerfahrer auf das Losbinden der Sprengsätze wartete, übergab ihm der Pilot die Papiere, gefolgt von einer kurzen Besprechung. Nach Abschluss des Gespräches ging der Pilot die Rampe hinunter ins Freie, um etwas Luft zu schnappen. Der Staplerfahrer steckte die Papiere in seine Tasche und drehte sich um. Seine Kollegen gaben ihm das Okay-Zeichen. Langsam rollte der Gabelstapler die Rampe hinunter. Am Lkw hob der Stapler den Sprengsatz empor. Dann ließ er ihn in einer braunen Holzkiste verschwinden. Eddi und James verfolgten die Verladung mit gleichem Interesse. Als der letzte Sprengsatz auf der Ladefläche des Lastwagens verschwand, stattete James dem Fahrer einen Besuch ab.

„Wenn es keine Probleme beim Zoll geben soll, müssen Sie die Ware etikettieren", erklärte ihm der Fahrer, während er einen Blick aufs Clipboard warf.

„Und sonst?", fragte James, während er die Kisten anstarrte.

„Abgesehen von der Etikettierung ist alles gut."

James griff ins Sakko und nahm sein Handy heraus. John hatte ihm den Namen des Kontaktmannes am Flughafen genannt. Der Mann hieß Henri Whitewood. Der Name kam James bekannt vor. Er kannte eine Person mit diesem Namen von früher. Das letzte Mal, dass sie sich gesehen hatten, war vor acht Jahren.

KAPITEL 26

Der Flughafen lag in Sichtweite. Nur ein Kreisel und eine Ampel trennten die zwei Lastwagen von ihrem Ziel. Auf den letzten Drücker nahmen die Fahrer die grüne Welle mit. Am Terminal angekommen setzte der Fahrer Eddi und James ab. Als die Tür zuknallte, fuhren die Lkw zur Entladung weiter. James hatte nur Augen für Eddi. Dieser schoss bei der ersten Gelegenheit durch die Tür in den Terminal. Durch die Scheiben sah James, wie Eddi seinen Kopf mehrfach von rechts nach links drehte.

„Ich ruhe mich dort aus", meinte Eddi, als James auf ihn zutrat. Er nahm seine Hand herunter und ging auf die Couch zu. Ein kurzes Tasten mit seiner Handfläche und schon lag er wie auf Wolken, die Füße über der Lehne und seine Hände auf seinem Bauch. Sein Körper wurde ruhiger, aber nicht sein Atem. Wie ein Ballon dehnte sich sein Bauch aus und zog sich wieder zusammen.

James wandte sich ab und begab sich zur Infostelle von American Airlines. Er hatte Glück, die Infostelle war nur fünf Minuten vom Eingang entfernt. James stellte sich in der Schlange an. Vor ihm standen nur drei Personen. Als die zierliche Frau mit ihrem schwarzgelockten Haar nach fünf Minuten immer noch am Schalter stand und immer wieder mit neuen Fragen daherkam, setzte bei James Unruhe ein. Er bewegte seinen Kopf zur Seite, um einen Blick auf den Schalter zu werfen.

„Hallo, James, lange nicht mehr gesehen", erklang eine Stimme hinter ihm. James schwenkte seinen Blick um und sah einen dünnen Mann mit vollen grauen Haaren.

„Kennen wir uns?", fragte James verunsichert.

„Erkennst du mich nicht mehr?", sagte der Mann lachend.
Krampfhaft versuchte er, den Mann einzuordnen, aber es wollte ihm nicht gelingen.

„Kongress in Seattle", sagte er, während James überlegte.

„Henri?"

„Genau", antwortete dieser.

Henri und James hatten früher mehrere Kongresse besucht. Über die Jahre war eine Freundschaft daraus entstanden. Der letzte Kongress lag mittlerweile über acht Jahre zurück. Früher war Henri nicht so dünn. Sein Körper war deutlich fülliger und zudem hatte er einen Bart und kurze braune Haare.

„Was machst du hier?", fragte James.

„Ich habe die Branche gewechselt. Jetzt leite ich hier die Logistikabteilung", antwortete er. „Bist du im Urlaub?"

„Ich habe einige Fragen zu meiner Fracht", antwortete James und folgte der Schlange einen Schritt nach vorne, als die zierliche Frau endlich den Schalter verließ.

„Bei der Fracht kann ich dir helfen", sagte Henri. „Wir klären die Sachen besser in meinem Büro. Dort ist es ruhiger."

James verließ die Schlange und folgte Henri zu seinem Büro. Es befand sich in einem anderen Terminal.

„Bist du immer so früh am Flughafen?", fragte ihn James, als Henri die Tür zu seinem Büro aufhielt.

„Normalerweise nicht", antwortete Henri.

„Was machst du dann um 7:00 Uhr hier?"

„Wir hatten wichtige Verhandlungen über den Ausbau des neuen Terminals. Leider haben die sich hingezogen. Eigentlich wollten wir schon um 22:00 Uhr durch sein. Außerdem habe ich eine Nachricht vom JFK bekommen, dass ich dir helfen soll", antwortete Henri.

„Verstehe." James wusste, dass er in guten Händen war. Henri hatte schon zu Kongresszeiten durch seine akribische Vorbereitung geglänzt. Logistik sollte für ihn ein Kinderspiel sein.

„Ich habe die ganzen Zolldokumente für die Fracht nach Miami und New York hier liegen", erklärte Henri und zeigte auf zwei nebeneinanderliegende Mappen auf seinem Schreibtisch. Auf den Mappen standen nicht nur die Reiseziele, sondern auch die dazugehörigen Flugnummern.

„Was macht Boeing?", fragte Henri, als er sich auf seinen Stuhl setzte.

„Der gleiche alte Wahnsinn", antwortete James, als er einen Schritt zurücktrat.

Henri schlug die Mappen nacheinander auf und überflog die Dokumente. Als er mit allem durch war, klappte er die Mappen zusammen und schob sie über den Tisch zu James.

„Sieh mal nach, ob alles stimmt. Nicht, dass der Zoll Probleme macht", forderte Henri ihn auf und drehte sich hinüber zum Monitor und zog die Tastatur dichter zum Körper.

Während James die Zeilen durchging, klickte sich Henri durch die Buchungssoftware von United Airlines.

„Ich habe nichts zu bemängeln", antwortete James und legte die Mappen zurück. Er zog einen Stuhl dicht heran und setzte sich. Henri nahm seine Hände von der Tastatur und drehte seinen Kopf zu James.

„Was machst du so weit entfernt von New York?", fragte Henri und begann auf der Tastatur zu tippen.

„Ich habe einem engen Freund bei der Organisation eines Gütertransports geholfen", antwortete James.

Henri machte zwei weitere Klicks und drehte sich dann auf seinem Stuhl zu James um.

„Für dich sind zwei Flüge gebucht. Einer nach Miami und der andere nach New York. Welcher soll es sein?", fragte Henri.

„New York", antwortete James.

„Was ist mit Herrn Tesser?", fragte Henri, während er die Kreuze auf dem Bildschirm setzte.

„Der fliegt nach Miami", antwortete James.

Im Handumdrehen hatte Henri alle Flugdaten geändert.

„Fertig", sagte er und stand auf. Er nahm sich die zwei Mappen und ging zur Tür. „Jetzt müssen wir nur noch die Etiketten anbringen", erklärte er, während er die Tür aufhielt.

„Dann lass uns keine Zeit verlieren", meinte James. Beide begaben sich zur Frachtannahme in Terminal eins. Als James und Henri am Eingang vorbeigingen, war Eddi nicht mehr auf der Couch zu sehen. Nach einigen weiteren Metern standen sie an einer dunkelblauen Tür. Henri nahm seine Sicherheitskarte und hielt sie gegen den Sensor.

Beim Durchschreiten erblickte James die drei Kisten. Zwei Männer standen daneben. Einer blickte auf sein Clipboard und der andere blickte auf den Boden. Er klopfte dem Mann mit dem Clipboard auf die Schulter und zeigte auf James. Der Mann steckte das Clipboard unter seinen Arm und winkte James zu.

„Dort drüben steht die Ware", erklärte James und zeigte Henri die Kisten. Henri öffnete seine Mappen und blickte die drei Kisten argwöhnisch an.

„Sollten hier nicht sechs Kisten stehen?", fragte er, als er James die Mappen gab. James blickte hinüber zur Verladerampe und sah Kisten in unterschiedlichen Größen.

„Hast du drei mittelgroße Kisten?", fragte James.

„Was meinst du?", fragte Henri zurück.

„Wir müssen wegen der Kosten umverpacken", antwortete James. „Die sperrigen Bohrmaschinen gehen nach New York und die kleineren Generatoren müssen nach Miami."

Henri hob seine rechte Hand unters Kinn und überlegte. „Würde diese Größe reichen?" Er zeigte auf einige Kisten in der Ecke der Halle.

James warf einen kurzen Blick darauf und drehte sich zu Henri. „Die Größe passt."

„Seht ihr dort drüben die Kisten?", erkundigte sich James bei den beiden Männern, während Henri zum Vorarbeiter ging, damit sie die Kisten für James bereitstellten. „Wenn ich mit dem Mann den Raum verlasse, bringt ihr die Etiketten für Miami an die leeren Kisten an und gebt sie auf", erklärte James und drückte dem Mann mit dem Clipboard die Mappen in die Hand. „Die Etiketten für New York bringt ihr dann an die beladenen Kisten an."

Der Mann warf einen schnellen Blick in das Innere der Mappe und nickte zustimmend. Er war gerade dabei, die Etiketten an die Kisten anzubringen, als Henri zurückkam.

„Der Vorarbeiter bringt euch gleich drei Kisten zur Umverpackung vorbei", sagte Henri und schaute die Kisten mit den Sprengsätzen an.

„Nicht gerade große Bohrmaschinen", meinte der Vorarbeiter, als er die Kisten mit einer Ameise vorbeibrachte.

„Sind Spezialbohrmaschinen. Die werden richtig laut unter Volllast", erklärte James. Zu Henri gewandt erfragte er: „Hast du die Tickets für den Flug dabei?"

„Die muss ich dir noch im Büro ausdrucken", antwortete Henri, ging zur Tür und schritt mit James erneut durch die Terminals zu seinem Büro.

Henri klemmte sich hinter seinen Computer und tippte wie von einer Tarantel gestochen die Flugdaten ein. Zwei Mausklicks später und der Drucker neben dem Tisch erwachte aus seinem Stand-by. Henri lehnte sich über den Tisch und griff die Tickets, dann reichte er sie hinüber zu James.

„Der Flug nach New York geht um 8:30 Uhr und der Flug nach Miami um 9:00 Uhr", erklärte Henri, als James die Tickets in sein Sakko steckte.

„Danke", sagte James und drehte sich zur Tür. „Beim nächsten Mal bringe ich mehr Zeit mit."

„Hoffe ich doch", antwortete Henri.

Jetzt musste James nur noch Eddi die Tickets geben. Er ging zur Couch, wo er Eddi das letzte Mal gesehen hatte. Von Weitem konnte er Eddi dort sitzen sehen. Er blickte den Massen an Menschen nach, die sich durch das Terminal schlängelten.

„Hier ist dein Ticket", sagte James, als er ihm die Flugkarte in die Hand drückte. „In eineinhalb Stunden geht dein Flieger."

„Was ist mit dir?", frage Eddi, als er sich das Ticket ansah.

„Ich muss einen anderen Flieger nehmen", antwortete James, während er sein Sakko richtete.

„Wo musst du hin? Ich habe gedacht, dass wir die Sache zusammen durchstehen", meinte Eddi und stand vom Stuhl auf. Die Nervosität war in Eddis Gesicht geschrieben. Er fuhr sich hektisch durch die Haare. Mehrfach wiederholte er den Prozess und drehte sich dabei um seine eigene Achse.

„Ich habe einen wichtigen Termin in New York. Ich muss einem Freund bei einer Verhandlung beistehen", erklärte James. Eddis Nervosität ließ nicht nach. Seine Augen fingen an, zu zucken. „Mach dir keine Sorgen. Die Sache geht schnell. Wenn ich mit allem durch bin, dann komme ich runter."

„Was ist mit der Fracht?", fragte Eddi.

„Die Fracht geht wie geplant nach Miami", antwortete James. „Ich muss jetzt los, Eddi. Der Flug ruft." Auf der Anzeigetafel wurde James' Flug zum Einchecken angezeigt.

KAPITEL 27

Der Flug in der ersten Klasse bot viele Annehmlichkeiten. Leider waren seine Gedanken woanders, weshalb James nicht einmal den Tomatensaft genießen konnte, geschweige denn das Essen. Bei der Gepäckannahme vibrierte sein Telefon. Arthur hatte ihm eine Textnachricht geschickt. Er solle so schnell wie möglich ins DoubleJohn kommen. Er nahm seine Gepäckstücke vom Band und schritt durch den Zoll. In der Empfangshalle suchte er den nächstgelegenen Taxistand. Er hatte Glück. Er war der Einzige in der Schlange. Zwei Minuten später war der Flughafen schon vergessen. James nutzte die freie Zeit, um sich mit John per Handy auszutauschen.

„Wie ist es gelaufen?", fragte John.

„Anstrengend, aber geschafft", antwortete James, während er einen vorbeifahrenden Ford anstarrte. „Was macht die Fracht?"

„Die Fracht wird in dreißig Minuten in die vereinbarten Städte transportiert", antwortete John.

„Dann sollten die Sprengsätze morgen eintreffen", meinte James.

„Nicht ganz. Nach LA dauert es zwei Tage. Chicago kriegen wir in einem Tag abgewickelt und der Transport nach Washington geht heute über die Bühne", erklärte John. „Wann sollen wir die Behörden davon in Kenntnis setzen?"

„Nicht heute. Morgen ist der richtige Zeitpunkt", antwortete James und lehnte den Kopf gegen das Fenster.

James und John beschlossen, die Angelegenheit morgen weiter zu besprechen und beendeten das Gespräch. Das Taxi hatte mittlerweile Manhattan erreicht. Der Verkehr war für die Uhrzeit sehr ruhig. Alles floss gemächlich dahin. Eine Rarität für New York. Aus der Entfernung konnte James das Schild von DoubleJohn sehen. Der Taxifahrer ließ ihn vor der Tür raus und James schritt bei klarem Himmel ins Innere.

Während er auf einen Kellner wartete, blickte er über die Tische. Das Restaurant war brechend voll. Die Atmosphäre war fröhlich und angenehm. Die Karte neben dem Pult verriet, dass es sich bei diesem Restaurant wohl um eine Luxusadresse handelte. Jedes zweite Gericht hatte mit Hummer zu tun. Zudem war die Weinkarte exzellent.

„Kann ich ihnen helfen?", fragte der Kellner, als James die Weinkarte studierte.

„Ich bin hier mit einem Freund verabredet", antwortete James.

„Wie lautet der Name?", fragte der Kellner mit herablassender Stimme, während er das Buch aufschlug.

„Bernstein, Arthur Bernstein", antwortete James, fast buchstabierend.

Langsam schlug der Kellner die Seiten um, bis er schließlich den Namen gefunden hatte. „Hier haben wir Ihren Herrn Bernstein. Tisch 34. Ich bringe Sie hin", erklärte der Kellner. „Bitte folgen Sie mir."

James ließ sich nicht zweimal bitten und folgte dem Ober. Kein Stuhl war frei. Das Restaurant schien aus allen Nähten zu platzen.

„Das Geschäft scheint gut zu laufen", meinte James, während er folgte. Der Kellner gab keine Antwort. Er marschierte unaufhaltsam weiter. Als James Arthur in einer Ecke Zeitung lesen sah, zeigte die Bedienung zu dem Tisch und überließ James die letzten Schritte.

„Steht etwas von uns in der Zeitung?", fragte James.
Arthur nahm die Zeitung herunter und legte sie auf den Tisch.

„Hast du es also auch geschafft", antwortete Arthur.

„Es gibt nur noch eine Kleinigkeit zu tun und ich kann einen Haken an die Sache machen", antwortete James und setzte sich auf den Stuhl gegenüber von Arthur.

Mit traurigem Blick schob Arthur James die Zeitung zu.

„Kayan ist gestorben", sagte er.

James nahm die Zeitung in die Hand und blickte auf den untersten Artikel auf Seite 10.

„Kamerunischer Präsident einem Krebsleiden erlegen", stand als Überschrift geschrieben. Der restliche Text ging auf seine Amtszeit und die Generalversammlung ein.

„Er befand sich auf der Intensivstation, als ich drüben war. Aleeke meinte zu mir, dass er den heutigen Tag nicht überleben würde", erklärte James und legte die Zeitung zur Seite. Dass es so schnell gehen würde, hätten beide niemals für möglich gehalten. Nun weilte er nicht mehr unter den Lebenden. Nur die Erinnerungen blieben.

„Jetzt erst recht", sagte James. „Wir müssen die Sache zu Ende bringen."

„So viel sind wir ihm schuldig", erwiderte Arthur.

„Ist das Geld schon in Kamerun?", fragte James.

„Nur die Hälfte. Damit sollten die fürs Erste auskommen. Wenn sich die Lage dort stabilisiert, überweist die Bank den Rest", antwortete Arthur.

„Hat Kayan dir noch irgendetwas Wichtiges in der letzten Zeit mitgeteilt?", fragte James.

„Nichts von Bedeutung", erklärte Arthur.

„Nichts über Sprengsätze oder Geld?", hakte James nach.

„Nein."

Jetzt war sich James sicher, dass nur er und Kayan von dem geheimen Plan wussten, die Sprengsätze zu stehlen. Später hatte er noch John eingeweiht, da er seine Kontakte für das Vorhaben brauchte. Arthur hingegen hatten sie außen vor gelassen. Abgesehen davon, dass es besser war, wenn nur eine geringe Anzahl an Personen von so einem Vorhaben wusste, diente die Geheimhaltung zum Schutz aller.

„Kleben dir die Finanzbeamten noch an den Fersen?", fragte James.

„Ich war auch der Annahme, dass alles durch sei, aber anscheinend haben die noch Fragen", antwortete Arthur. „Kann ich den Leuten auch nicht verübeln. Nach einer solchen Aktion würde ich auch tiefer bohren. Hoffentlich komme ich jemals aus der Angelegenheit raus. Wenn sich die Sache hinzieht, dann kann ich meine Arbeit vergessen."

„Würde es dir helfen, wenn wir Zeugen oder Beweismaterialien hätten?", fragte James.

„Natürlich", erwiderte Arthur gestochen scharf.

James verschränkte seine Arme und überlegte. „Ich habe eine Idee."

Arthurs Augen fingen an, zu leuchten. Seine Neugier stand ihm ins Gesicht geschrieben.

„Ich weiß, wer das Geld verschoben hat", begann James.

„Wer?", fragte Arthur aufgeregt und lehnte sich nach vorne. „Spann mich nicht auf die Folter"

„Veranlasst hat es Hondo, aber durchgeführt hat es ein enger Vertrauter von Jarule", erklärte James. Er erzählte Arthur auch, dass Beti ein Doppelagent gewesen sei und die notwendigen Informationen für die Finanztransaktionen habe beschaffen können. Damit sollte es möglich sein, die Finanzbeamten auf eine andere Spur zu lenken.

„Mit dieser Aktion kannst du nicht nur mir helfen, sondern auch Hondo eins auswischen", meinte Arthur. Voller Erleichterung fiel er in seinen Stuhl zurück, während James in seine Sakkotasche griff, um sein vibrierendes Handy herauszunehmen.

Wird garantiert John sein, dachte James und griff zum Mobiltelefon.

„Hallo", meldete er sich.

„Guten Tag, Herr Offenbach. Mein Name ist Gustav Mason", schlug die Stimme durchs Handy.

„Und was wollen Sie von mir?", fragte James.

„Ich bin vom FBI", antwortete Mason. „Wir haben eine wichtige Fracht in Miami erwartet, aber konnten nicht fündig werden. Herr Tesser meinte, dass Sie uns weiterhelfen können."

„Was genau meinen Sie?", fragte James.

„Bitte halten Sie uns nicht für dumm. Heute sollten in Miami drei Sprengsätze ankommen. Wir haben die als Generatoren etikettierten Kisten untersucht, aber konnten keine Sprengsätze finden", antwortete Mason. „Ich glaube, dass Sie und ich wissen, dass sich solche Sprengsätze nicht von selbst aus dem Staub machen können."

„Haben Sie schon Herrn Tesser befragt?", fragte James, nachdem er Arthurs Frage abwimmeln konnte.

„Er konnte uns nicht weiterhelfen", antwortete Mason.

James nahm das Handy kurz vom Ohr und hielt das Mikrofon zu. Er wollte nichts Falsches sagen, weshalb er zehn Sekunden auf seine Antwort warten ließ.

„Durch eine kurzzeitige Planänderung war ich leider gezwungen, die Fracht umzuleiten", erklärte James, als er Arthur ein weiteres Mal abwimmelte. Während Arthur die Zeitung durchblätterte, hatte er ein Ohr und ein Auge auf James gerichtet.

„Dann befinden sich diese jetzt wohl bei Ihnen in New York?", fragte Mason.

„Genau", antwortete James.

„Wir werden unsere Männer rüberschicken, um die Sache zu überprüfen", entgegnete Mason und legte auf.

Arthur ließ die Zeitung links liegen. „Worum gehts?", fragte er aufgeregt.

„Die Fracht aus Kamerun ist nicht in Miami eingetroffen", antwortete James.

Arthur ließ die Schultern fallen. „Du willst mir sagen, dass du die Fracht verloren hast?", fragte er hektisch.

„Nein", antwortete James.

„Warum wirst du dann von Beamten kontaktiert?"

James tat so, als ob er genervt sei, aber eigentlich dachte er über eine Antwort nach. „Wegen der Umleitung", erklärte er.

„Warum sollte man eine so wichtige Fracht umleiten?", fragte Arthur.

„Weil Eddi und Hondo gemeinsame Sache machen", antwortete James. „Ich musste sichergehen, dass die Fracht das Land verlässt und nicht abgefangen wird."

Arthur zuckte zusammen. Das Fragezeichen in seinem Gesicht war nicht zu übersehen.

„Ich weiß nicht, ob er erpresst wurde oder ob Hondo ihm Geld geboten hat, aber etwas stimmte mit ihm nach der Rettung nicht", sagte James.

„Was meinst du damit?", fragte Arthur.

„Ich glaube, dass er Hondo während des Transports Informationen übermittelt hat, um unser Ziel zu verraten", antwortete James.

„Deshalb also die Umleitung von Miami nach New York", sagte Arthur.

„Anders ging es nicht. Vielleicht hätte die Fracht nicht einmal Lagos verlassen oder schlimmer, wir wären alle jetzt noch in Kamerun", fuhr James fort. „Wir hatten nur ein kleines Zeitfenster, um die Sache über die Bühne zu bringen."

„Wahrscheinlich wird dich das FBI vorladen", meinte Arthur.

„Sollen die ruhig machen", entgegnete James. Ihm war klar, dass er diese Gespräche früher oder später führen musste. Der Zeitpunkt spielte jetzt keine Rolle mehr. James erklärte Arthur, dass er sich jetzt um die Finanzdokumente aus Kamerun kümmern müsse, bevor das FBI ihn zeitlich einbinden würde. Sobald er die Dokumente vorliegen habe, werde er sich wieder melden. Dann verabschiedete er sich. Während er auf das Taxi wartete, versuchte er, John anzurufen. Erst beim achten Klingeln nahm er ab.

„Was macht New York?", fragte John.

„Ich habe einen Anruf vom FBI erhalten", antwortete James, während er nach dem Taxi Ausschau hielt.

„Haben die dir schon einen Termin gegeben?", fragte John.

„Noch nicht. Werden die aber garantiert machen, sobald die herausfinden, dass die Sprengsätze nicht mehr in New York sind", antwortete James.

„Mittlerweile sind die alle auf ihrer Reise. Der Sprengsatz nach Washington D.C. wird bald ankommen", erklärte John.

„Morgen ist der richtige Zeitpunkt, den Behörden einen Brief zu schicken", meinte James.

„Wann?"

„7:00 Uhr."

„Hast du schon das Schreiben vorbereitet?"

„Habe alles vorbereitet."

„Die haben keine Ahnung, was auf sie zukommt", meinte John. „Mach dich auf etwas gefasst. Wenn das Schreiben raus ist, dann krallen sie dich." Während John seinen Satz beendete, rollte das Taxi vor.

„Mein Taxi ist hier. Wir sprechen uns morgen", verabschiedete sich James und legte auf.

„Sie wollen ins Park Hyatt?", fragte der Taxifahrer, als James die Tür schloss.

James nutzte die Fahrt zum Hotel, um Aleeke von Arthurs Problematik zu erzählen. Langsam, aber stetig tippte er die Wörter in die E-Mail. Es sei dringlich, betonte er gleich am Anfang. Nur die Finanztransaktionsunterlagen von Beti könnten Arthur entlasten. Er ging davon aus, dass Beti Kopien von den Transaktionen gemacht hatte und diese an einem sicheren Versteck aufbewahrte. Als das Taxi vor dem Hotel hielt, verschickte er die E-Mail. Er drückte dem Fahrer etwas Trinkgeld in die Hand und begab sich hinauf zu seinem Zimmer. Er schmiss sein Gepäck in die Ecke und eilte zur Minibar. Er nahm ein eiskaltes Wasser aus dem Kühlschrank und öffnete die Flasche. Die Kohlensäure zischte in sein Gesicht. Hastig setzte er die Flasche an und nahm einen Schluck. Fast hätte er sich verschluckt. Er riss die Flasche runter und hustete. Während er sich auf den Bauch schlug, vibrierte sein Handy. Er stellte die Flasche ab und nahm das Handy aus dem Sakko. Es war Gustav Mason. Nur ein „Hallo" kam über seine Lippen.

„Wir konnten die Fracht am Flughafen nicht finden", sagte Mason.

James hielt das Telefon von sich weg. Er knirschte mit den Zähnen, während er die Tür ansah, und holte dann das Handy zurück an sein Ohr. Er gab sich fünf Sekunden Bedenkzeit. Dann antwortete er. „Was meinen Sie damit, dass die Fracht nicht aufzufinden ist?", fragte James, während er sein Gesicht verzog.

„Die Fracht ist nirgends zu finden", antwortete Mason. „Wir haben überall nachgesehen."

„Wie? Sie können die Fracht nicht auffinden? Wollen Sie mir erzählen, dass die Fracht verschwunden ist?", rief James ins Handy.

„Woher soll ich das wissen? Wir haben überall nachgesehen."

„Verdammt", rief James, während er sich im Spiegel beobachtete.

„Was geht hier vor, Herr Offenbach?", fragte Mason.

James nahm das Handy zur Seite und blickte in den Spiegel. Seine Augenbrauen waren bis zum Anschlag hochgezogen. Die Falten schlugen sich übereinander zusammen wie die Wellen bei einer Brandung. Auf schweres Atmen folgte ein Schnaufen. Der Prozess wiederholte sich zweimal, bevor sich seine Stirn wieder glättete.

„Die haben uns ausgenutzt", erklärte James.

„Was meinen Sie damit?", fragte Mason.

„Wir mussten den Flug schon einmal ändern, damit Hondos Männer nicht an die Sprengsätze gelangen. Irgendjemand muss etwas verraten haben", antwortete James.

„Hören Sie mal zu", antwortete Mason gestochen scharf. „Ich habe keine Ahnung, wie man Nuklearsprengsätze verliert, aber ich werde der Sache auf den Grund gehen. Ich erwarte Sie morgen früh in unserer Zentrale." Dann herrschte Stille. Mason hatte aufgelegt. Die Einladung hörte sich mehr nach einem Befehl an als nach einer Bitte. James legte das Handy auf den Tisch und griff erneut nach der Flasche Wasser. Er nahm einen Schluck und ließ sich auf den Stuhl neben dem Fenster nieder. James blickte auf den Central Park. Es hatte etwas Meditatives, den Menschen bei ihren Tätigkeiten zuzusehen. Für eine halbe Stunde blieb er regungslos sitzen. Das unruhige Gefühl in seinem Bauch trieb ihn schließlich aus seinem Sitz. Er schritt hinüber zum Handy und blickte aufs Display. Während er die Flasche Wasser zum Mund führte, bewegte sich das Mobiltelefon auf dem Tisch. Es war ein eingehender Anruf.

„Hallo", sagte James, als er das Handy ans Ohr hielt.

„Ich habe gute Nachrichten", begann Aleeke.

„Konntest du die Informationen über die Geldüberweisung auftreiben?", fragte James.

„Ich habe mit Michael gesprochen. Er hat mir berichtet, dass er schon länger eigenständig an der Sache gearbeitet habe", fuhr Aleeke fort.

James Konzentration erlebte ein neues Hoch. „Leg los", forderte er.

„Mehrere Transaktionen wurden aus der Militärabteilung von Hondo durchgeführt. Wir haben sogar Transaktionsdokumente mit seiner Unterschrift darauf", erklärte Aleeke weiter.

„Hervorragend", kommentierte James und fing an, im Zimmer auf und ab zu gehen.

„Es gibt noch mehr", erklärte Aleeke. Er erzählte, dass Michael das Finanzkonstrukt von Hondo teilweise habe nachbilden können. Eine große Anzahl der Überweisungen der Weissmann-Bank auf die Schwarzgeldkonten lägen vor. Durch diese Indizien sei es möglich, Hondo für die Geldwäsche hinter Gitter zu bringen. Sichtlich erfreut bedankte sich James bei Aleeke. Diese Indizien sollten es ermöglichen, Arthur zu entlasten. Jetzt musste er sich nur noch um sich selbst kümmern. Er bat Aleeke, ihm die Dokumente so früh wie möglich zu schicken.

Während James auf die Dokumente wartete, griff die Nacht Stück für Stück nach dem Central Park. Langsam, aber stetig versuchte die Dunkelheit alles zu verschlingen. Das Licht der benachbarten Gebäude um die grüne Insel herum fungierten als eine Art Zaun. Die Schatten vermochte es nicht, die zaunartige Barriere zu überschreiten, um alles in einen finsteren Schleier zu hüllen.

Zwei Stunden später vibrierte James' Handy. Er griff zu und überprüfte das E-Mail-Postfach. Es waren die Unterlagen von Michael. James verschwendete keine Zeit und leitete die Informationen weiter. Zehn Minuten später rief er Arthur an.

„Kannst du etwas mit den Unterlagen anfangen?", fragte James.

„Das, was ich gelesen habe, sollte reichen", antwortete Arthur.

„Wann hast du deine nächste Vorladung?"

„Morgen um 9:00 Uhr."

„Glauben die, dass du es wegen des Geldes gemacht hast?"

„Anscheinend schon", sagte Arthur und pausierte kurz. „Meinen Eltern gehört die größte Privatbank des Landes, und die glauben allen Ernstes, dass ich es wegen des Geldes gemacht habe."

James wusste, dass Arthur der Letzte war, der es nur wegen des Geldes getan hätte. Zu sehr war er Idealist. Geld war für ihn nur ein Tauschmittel. Sein Herz schlug ganz woanders. Es schlug auf der humanitären Seite. Er war bei Weitem menschlicher, als James jemals sein würde.

„Wir stehen die Sache zusammen durch", versprach James, während er auf den verdunkelten Central Park blickte.

„Werden wir sehen, James", meinte Arthur.

KAPITEL 28

Gerade noch rechtzeitig schaffte es James zum Federal Plaza. Er hatte den Wecker nicht gehört. Zum Glück hatte er noch einen Weckruf beauftragt. Es war kurz vor 9:00 Uhr und das Gedrängel war groß. Menschen von links und rechts versuchten, sich durch die Tür ins Innere zu drücken. James wartete auf einen günstigen Moment und zwängte sich durch die Massen. Während der Menschenstrom die Schranke passierte, blieb er vor dem Empfangspult stehen. James fragte die Dame am Empfang, wie er zum 23. Flur komme. Er habe dort einen wichtigen Termin. Die Dame glich die Daten am Bildschirm ab und bat James, zu warten. In Kürze würde ihn jemand abholen. James trat vier Schritte zur Seite und wartete.

Pünktlich um 9:00 Uhr trat ein blonder Mann Mitte dreißig an die Rezeption. Seine Statur war sportlich. Er humpelte etwas. Anscheinend hatte er sich eine Sportverletzung zugezogen.

„Guten Tag. Ich bin Gustav Mason", stellte sich der Mann vor. „Sie sind garantiert Herr Offenbach."

„Stimmt", antwortete James.

„Bitte kommen Sie durch", bat Mason, während er die Absperrung aufhob.

James schritt durch die Absperrung und folgte Mason zum Fahrstuhl. Dieser hatte etwas Unheimliches. Wie in einer Sardinendose eingesperrt stand James neben Mason. Die Anspannung war hoch, aber man konnte es ihm nicht ansehen. Als die Tür zum 23. Stock aufging, schoss ihnen ein muffiger Geruch in die Nase. Unzählige Personen schwirrten durch die Gegend. Überall lagen Akten auf den Tischen. Manche Tische waren sogar komplett von Akten bedeckt. Stühle standen im Weg und Kaffeebecher verzierten die Tische im Übermaß. Das Gros der Beteiligten sah übermüdet aus. Als James in den Raum trat, fielen unzählige Blicke auf ihn. Ein Bruchteil später ging das Personal wieder der Arbeit nach.

„Bitte folgen Sie mir", forderte Mason James auf und führte ihn zu einem Besprechungsraum. „Machen Sie es sich bequem. Ich werde in Kürze bei Ihnen sein." Dann verließ er das Zimmer. James legte seinen Mantel ab und setzte sich auf den Stuhl mit dem Rücken zur Tür. Er blickte im Raum herum, dann stand er wieder auf. Er ging umher und starrte prüfend jede Ecke an. Es war ein trostloser Ort. Nur die braune Tür brachte etwas Farbe in den ansonsten tristen grau gefärbten Raum mit seinem Kaffeegeruch. Selbst der Tisch und die Stühle waren grau. Alles war hell ausgeleuchtet. Nur unter dem Tisch war ein Schatten. Nach der zweiten Runde setzte er sich und wippte mit seinem rechten Bein, um sich etwas abzulenken. Als die Tür aufging, hörte James zu wippen auf.

„Entschuldigen Sie die Verspätung. Leider wurde ich aufgehalten", erklärte Mason, als er um den Tisch herumging. Ein langer drahtiger Kerl mit Locken folgte ihm und setzte sich daneben. Der Kerl legte ein Notizbuch auf den Tisch und lehnte sich dann zurück. Auch er war in Zivilkleidung. Blaue Jeans und ein rotschwarz kariertes Holzfäller-hemd.

„Herr Mayn wird heute das Protokoll führen", sagte Mason. James nickte zustimmend und stellte sich mental auf die Befragung ein. „Wenn Sie jetzt bereit sind, würde ich gerne anfangen", begann Mason.

„Legen Sie los", erwiderte James.

„Warum waren Sie in Kamerun?", fragte Mason. Herr Mayn hatte mittlerweile den Notizblock auf dem Tisch mit seiner Linken fest um-griffen und hielt den Stift in seiner rechten Hand. James erklärte den beiden, dass er vom ehemaligen Präsidenten Kameruns gebeten wor-den sei, den Transport von Nuklearsprengsätzen zu koordinieren.

„Warum wurden ausgerechnet Sie gefragt?", fragte Mason und kreuzte seine Arme.

„Wir kannten uns noch von der Uni. Abgesehen davon habe ich mehrere Transporte von Nuklearsprengsätzen in der Vergangenheit koordiniert", antwortete James.

„Sie haben also in Ihrem Urlaub Sprengsätze verladen?", fragte Mason.

„Es war ein Freundschaftsdienst."

„Ich gehe davon aus, dass Sie für Ihre Arbeit auch bezahlt wurden. Darf ich fragen, was man Ihnen in Aussicht gestellt hat?"

„Ich habe für den Auftrag 100.000 Dollar bekommen", erklärte James. „Das Geld ist auf meinem Konto."

„Warum hat er sich ausgerechnet an Sie gewandt und nicht an die US-Regierung?", insistierte Mason störrisch.

„Es gibt nicht viele Experten, die sich mit dieser Materie auskennen. Abgesehen davon war ich wohl auch der günstigste."

Dann beugte sich Mason nach vorne. James konnte den Hauch seines Atems spüren. „Warum wurden die Sprengsätze unter falschem Namen nach New York geliefert?", schoss es aus Mason heraus. Sein Ton hatte sich verändert. „Dieser Punkt würde mich brennend interessieren."

James erklärte ihm, dass der Staatsbankrott und ein versuchter Putsch sie dazu gezwungen hätten, Maßnahmen einzuleiten, um die Sprengsätze aus Kamerun zu bekommen. Mitten in James' Erklärung stand Mason auf und ging um den Tisch herum. Er blieb neben James stehen und schlug die Hände auf den Tisch.

„Aber wieso wurde die Fracht von Lagos nicht wie geplant nach Miami versandt?", fragte Mason, während er James in die Augen starrte.

„Als wir die Sprengsätze für den Transport präpariert hatten und mit einer Transportmaschine Richtung Nigeria flogen, habe ich herausbekommen, dass die Putschisten nicht locker lassen würden. Garantiert hätten sie in Lagos versucht, die Sprengsätze an sich zu bringen, wenn wir uns am sichersten gefühlt hätten", erklärte James. „Ich konnte in diesem Moment kein Risiko eingehen."

Mason nahm die Hände vom Tisch und machte einen Schritt zurück. „Und was genau haben Sie herausgefunden?", fragte er.

„Ich glaube, dass Herr Tesser gemeinsame Sache mit den Putschisten gemacht hat", antwortete James.

Mason ging zurück zu seinem Platz. „Das ist aber interessant. Wieso sollte ausgerechnet Ihre rechte Hand so was tun?", fragte Mason.

„Weil die Putschisten ihn erpresst haben, ist meine Vermutung", antwortete James. „Vielleicht kriegen Sie mehr heraus."

„Diesen Punkt werden wir verfolgen, das können Sie mir glauben. Warum haben Sie uns nicht nach der Landung sofort kontaktiert?", fragte Mason. „Ihnen sollte doch klar sein, dass Sie eine solche Fracht umgehend deklarieren müssen."

„Die Fracht ist erst später gelandet. Ich musste in der Zwischenzeit einem Arbeitskollegen helfen", antwortete James.

„Machen Sie mir nichts vor. Sie haben doch alles von langer Hand geplant", fauchte Mason.

„Sie beschuldigen den Falschen. Der Vizepräsident von Kamerun steckt hinter der Angelegenheit. Beinahe hätte er uns auch geschnappt", erwiderte James.

„Warum sollte dem Vizepräsidenten daran liegen?", fragte Mason.

„Hondo Adeyemi versucht, mit den Sprengsätzen seine Macht zu festigen. Für ihn sind sie eine Art Pfand, um machen zu können, wonach ihm ist. Außerdem hat er geplant, das Land in den Bankrott zu treiben. Durch die Transferierung von Finanzgeldern der Weissmann-Bank auf Schwarzgeldkonten hat er versucht, die lebenswichtige Finanzspritze zu blockieren. Alles, was er benötigte, war ein Grund, um sich an die Spitze Kameruns zu katapultieren. Die Sprengsätze waren nur ein Teil seines Planes, die Macht zu erlangen. Mittlerweile haben wir sogar Beweise, die diese Behauptung unterstützen."

Mason machte einen zweifelnden Eindruck. Mit einer solchen Antwort hatte er nicht gerechnet. James hatte wichtige Zeit gewonnen. Jetzt musste Mason sein weiteres Vorgehen überlegen. James lehnte sich im Stuhl zurück, um sich auf die nächste Flut von Fragen vorzubereiten.

Während Mason und James über den weiteren Verlauf der Gesprächsführung grübelten, wurde die Tür geöffnet.

„Herr Mason, Sie sollen umgehend zum Chef kommen", forderte ein junger Mann.

Irritiert blickte Mason ihn an. „Ist es dringend?", fragte er.

„Sehr sogar."

„Bitte entschuldigen Sie mich. Ich komme gleich wieder", sagte Mason und verschwand.

Die Blicke des Protokollanten waren penetranter als Masons Fragen. Es vergingen zwanzig Minuten, bis die Tür sich wieder öffnete und Mason den Raum betrat. Sein Gesicht war in einem Schockzustand, aber er versuchte, es zu verbergen.

„Ein Brief mit Forderungen ist bei uns eingegangen", erklärte er, als er sich langsam auf den Stuhl setzte.

„Um was für Forderungen handelt es sich?", fragte James.

„Die Terroristen wollen, dass die USA alle vertraglich festgelegten Wirtschaftsforderungen der letzten fünf Jahre einhalten", antwortete Mason.

„Eine Erpressung also", meinte James.

„Des Weiteren drohen sie mit fatalen Konsequenzen, wenn sich die Regierung nicht an die Abmachung hält", fuhr Mason fort. „Für heute sind wir durch."

Als James die Tür öffnete, erklang die Stimme von Mayn: „Sie dürfen New York nicht verlassen. Wir haben noch einige offene Fragen."

James verabschiedete sich höflich von den beiden Männern und verließ schnellstmöglich das Gebäude.

KAPITEL 29

Zu Hause angekommen schritt James zum Kühlschrank und schenkte sich ein Glas Wasser ein. Einen großen Schluck später wanderte er zum Sofa. Er legte seinen Mantel zur Seite und setzte sich. Mit dem Glas in der einen Hand und dem Handy in der anderen klapperte er darauf seine Kontakte ab. Es gab einen verpassten Anruf von John. James drückte auf Wahlwiederholung und nahm einen Schluck.

„Hast du die E-Mail gelesen?", fragte John.

„Nein", antwortete James.

„Der Sicherheitsstab trifft sich in den nächsten fünfzehn Minuten zu einer Sitzung. Das Hauptthema sind die vermissten Sprengsätze", sagte John.

„Wie sieht es mit der Forderung aus?", fragte James.

„Bisher ist keine Bewegung von der Regierung zu vernehmen", meinte John.

„Haben die schon jemanden in Verdacht?", fragte James.

„Momentan schwanken die Meinungen. Die meisten glauben aber, dass Hondo hinter der Sache steckt", antwortete John.

„So soll es sein", antwortete James.

„Ich werde dich auf dem Laufenden halten", erwiderte John und legte auf.

James nahm das Handy vom Ohr und blickte aufs Display. Während er einen weiteren Schluck nahm, wählte er Arthurs Nummer.

„Wie war dein Verhör?", fragte James.

„Du hättest deren Gesicht sehen sollen, als ich die Dokumente auf den Tisch geknallt habe", antwortete Arthur. „Fürs Erste sind die damit beschäftigt, sich durch die Unterlagen zu wühlen."

„Das sollte dir etwas Zeit zum Durchatmen geben", sagte James.

„Was macht die Übergabe der Sprengsätze? Alles abgeschlossen?", fragte Arthur.

James stellte das Glas ab und drückte das Handy dicht ans Ohr. Er erzählte Arthur, dass die Sprengsätze erfolgreich in den USA angekommen, aber am Flughafen verloren gegangen seien. Das FBI habe heute einen Brief von Terroristen mit Forderungen erhalten.

„Wie können Nuklearsprengsätze verschwinden?", fragte Arthur.

„Kann ich dir auch nicht sagen. Ich habe alle Vorkehrungen getroffen, dass die Fracht sicher ankommt. Ich stelle selbst gerade Nachforschungen an", antwortete James.

„Stinkt doch alles zum Himmel. Ich versuche, der Angelegenheit auf den Grund zu gehen. Mittlerweile habe ich mehr Zeit", erklärte Arthur und legte auf.

James leerte das Glas und ging in die Küche, um es erneut zu füllen. Während er das Glas auffüllte und zurück zum Sitzplatz ging, blickte er die ganze Zeit aufs Handy. Als er sich setzte, klingelte es schon bei Jarule. Insgesamt siebenmal.

„Was gibt es?", erklang eine übermüdete Stimme.

„Ich habe wichtige Erkenntnisse über Hondo", antwortete James. „Der Sicherheitsstab trifft sich in den nächsten paar Minuten zu einer Sitzung. Hauptthema sind die verschollenen Sprengsätze."

„Du hast meine volle Aufmerksamkeit", erklärte Jarule.

„Aus sicherer Quelle kann ich berichten, dass die US-amerikanische Regierung gerade dabei ist, über eine weitere Ermittlung im Fall Hondo abzustimmen. Du musst dich für eine öffentliche Kundgebung bereithalten", fuhr James fort.

„Ich trommle meine Männer zusammen", versprach Jarule. „Wir werden bereit sein."

„Beim Versuch, die Geldtransaktion zu manipulieren, hat er sich selbst ein Bein gestellt. Damit ist sein Schicksal besiegelt", beendete James das Gespräch und legte auf. Jetzt waren alle informiert.

Aufgeregt eilte James in der Wohnung hin und her. Zu viel Verwirrendes schoss ihm durch den Kopf. Er wusste gar nicht mehr, wo er anfangen sollte. Er eilte zum Balkon. Sein Handy war stets griffbereit. Während die Sonnenstrahlen auf sein Gesicht fielen, blickte er über die

Straße. Die Aufregung ließ nicht nach. Schließlich vibrierte das Handy in seiner Tasche.

„Und?", fragte James, als er abnahm.

„Die Unterhaltungen sind gerade in vollem Gang. Ein Teil der Beteiligten glaubt, dass südkamerunische Separatisten hinter den Forderungen stecken. Anscheinend wollen sie durch die Forderung die Autonomie ihrer Region stärken. Diese Forderung macht natürlich keinen Sinn, da man auch gleich die Unabhängigkeit fordern könnte. Die Mehrheit glaubt allerdings, dass Hondo der Strippenzieher hinter der Misere ist", berichtete John.

„Wenn der politische Druck auf Hondo durch die USA steigt, dann wird auch das letzte bisschen Rückendeckung aus der Bevölkerung schwinden", erklärte James.

„Die USA könnten sich im Falle einer Absetzung sogar den Erfolg zuschreiben", entgegnete John.

„Jetzt muss Hondo nur noch seinen Posten verlieren", erwiderte James.

„Hondo darf von der Abstimmung nichts mitbekommen, ansonsten endet alles in einem Blutbad", warf John ein.

„Ich habe mich der Sache angenommen. Ein Vertrauter behält die Lage in Kamerun im Blick", versicherte James. Im Hintergrund hörte er Schritte, viele Schritte. Dann drangen auch Stimmen durch. Es war ein Wirrwarr. „John?"

„Ich muss jetzt Schluss machen. Alle Beteiligten begeben sich gerade zum Treffen", antwortete John und legte auf.

Wenn alles nach Plan verlief, würde die Spur auf Hondo zeigen und James wäre aus der Sache raus. James schloss die Tür hinter sich, als sein Handy erneut vibrierte.

„Ich habe meine Verbindungen spielen lassen. Hondo hat deutlich mehr Schwarzgeldkonten, als wir gedacht haben. Die sind überall verteilt: in Kanada, in den USA, in Frankreich, Japan und in fünf weiteren Ländern", erklärte Arthur.

„Der muss den Putsch langfristig geplant haben. Wahrscheinlich mehrere Jahre im Voraus", meinte James.

„Ich habe die Informationen an einen engen Freund im Finanzministerium geleitet. Der wird sich die Sache genau ansehen", sagte und legte auf.

Jede kleine Information, die sie über Hondo in den nächsten Stunden sammelten, könnte bei seinem Sturz helfen.

Das ganze Telefonieren hatte James beinahe den Verstand geraubt. Er legte das Telefon auf den Tisch und schlich in die Küche, um etwas zu essen. Er nahm einen Bagel aus dem Kühlschrank und steckte ihn in den Toaster. Als er kross war, bestrich er ihn mit Butter und nahm einen herzhaften Biss. Die Ruhe und der Geruch versüßten den Geschmack. Als er den Bagel aufgegessen hatte, legte er den Teller in die Spüle. Langsam ging er zum Sofa und schaltete den Fernseher ein. Nirgends war etwas Spannendes zu sehen. Sein Handy lag dabei die ganze Zeit in Blickrichtung des Fernsehers auf dem Tisch.

KAPITEL 30

Im Halbschlaf tastete James auf dem Couchtisch nach dem vibrierenden Mobiltelefon. Es bewegte sich wie wild auf dem Tisch und schob sich von einer Ecke zur anderen. Er hatte Probleme, es zu greifen. Erst als er mit der Hälfte seines Körpers auf dem Couchtisch lag, konnte er das Handy packen. Es war eine New Yorker Nummer. Im Halbschlaf hielt er das Handy an sein Ohr.

„Hallo?", ertönte seine von Müdigkeit verzerrte Stimme.

„Herr Offenbach, wir müssen mit Ihnen sprechen. Schaffen Sie es um 9:00 Uhr zu uns?" Es war Mason.

James rappelte sich auf und setzte sich auf die Coach. „Schaffe ich", antwortete James, während er auf seine Uhr blickte. Es war erst 6:05 Uhr.

„Bis später", sagte Mason und legte auf.

Jetzt war James hellwach. Der Fernseher flimmerte im Hintergrund. James griff zur Fernbedienung und schaltete ihn aus. Dann nahm er das Handy erneut zur Hand. Er sah eine E-Mail von Arthur. Er hatte nicht gelogen. Hondo hatte tatsächlich mehrere Konten. Ganze achtundzwanzig, und wahrscheinlich waren das nicht alle. Auf jedem lag ein mehrstelliger Millionenbetrag. Als er die E-Mail gelesen hatte, leitete er sie an John und Jarule weiter. Anschließend nahm er eine Dusche und zog sich was Neues an.

Pünktlich um 9:00 Uhr war James an der FBI-Zentrale. Mason wartete bereits am Eingang mit einem Kaffee in der Hand. Er sah übernächtigt aus. Sein Äußeres und seine Kleidung hingegen machten einen gepflegten Eindruck. Mason gab James die Hand zur Begrüßung und führte ihn zum Besprechungsraum. Als James im Verhörzimmer Platz genommen hatte, verließ Mason, ohne etwas zu sagen, den Raum. Sitzend wartete James nun auf die Beamten. Gelangweilt blickte er abwechselnd auf den Tisch und seine Finger. Dann öffnete sich die Tür hinter ihm.

„Entschuldigen Sie die Verzögerung. Wie Sie auf dem Gang gesehen haben, ist hier die Hölle los", erklärte Mason und setzte sich.

„Verstehe", entgegnete James, während er die graue Wand ansah.

„Es gibt Neuigkeiten", begann Mason und legte eine Mappe mittig auf den Tisch. James warf einen zögerlichen Blick auf die schwarze Mappe. Es stand nur ein Wort darauf: „Vertraulich", dann richtete er seinen Blick auf Mason. Ein schneller Griff in die Mappe und Mason hatte ein Blatt in der Hand.

„Hier haben wir die Forderung der Terroristen", fuhr Mason fort und legte das Blatt Papier vor James.

Kurz ließ er seine Augen über das Dokument gleiten. Jedes Wort darauf kannte er. Immerhin hatte er es geschrieben. „Und was hat das mit mir zu tun?", fragte James.

„Finden Sie es nicht komisch, dass kurz nachdem die Sprengsätze verschwunden sind, ein Schreiben bei uns eingegangen ist? So etwas kann nur jemand machen, der sich verdammt gut auskennt", erwiderte Mason und schob das Blatt zurück in die Mappe.

„Worauf wollen Sie hinaus?", fragte James.

„Wir konnten keine Anzeichen in Lagos dafür finden, dass jemand versucht hat, die Sprengsätze abzufangen", antwortete Mason.

„Vielleicht haben sie die Fracht untersucht und passieren lassen, als sie feststellten, dass die Sprengsätze nicht in den Kisten sind", erklärte James. „Abgesehen davon: Was ist mit Herrn Tesser?"

„Wir haben seine Telefonate überprüft und dabei Anrufe zum Verteidigungsministerium in Kamerun gefunden", antwortete Mason. „Am Anfang hat er die Zusammenarbeit mit Hondo abgestritten, aber als wir ihn auf die Telefongespräche mit dem Verteidigungsministerium hingewiesen haben, gab er die Kooperation zu", erklärte Mason. „Zurzeit befindet er sich in Untersuchungshaft."

James hatte es jetzt schwarz auf weiß. Eddi war von Hondo gekauft worden. Wahrscheinlich wollte Hondo Eddi als Lockvogel benutzen, um an die Platinen und Kabel zu gelangen. Natürlich konnte er nicht damit rechnen, dass sie die Sprengsätze vor seinen Augen stehlen würden.

„Jetzt wissen Sie, warum die Sprengsätze nach New York und nicht nach Florida gingen", erwiderte James ungeduldig und lehnte sich in seinem Stuhl zurück.

„Sie sind in die Hand von Terroristen gelangt. So was hätte niemals eintreten dürfen", entgegnete Mason.

„Hätten die USA keine Auslieferung der Sprengsätze beantragt, wäre das Problem nie aufgetreten", fuhr James verärgert fort. „Sie unterstellen mir hier alles Mögliche, aber legen keine Beweise vor."

„Können Sie sich vorstellen, was beim FBI gerade vorgeht?", fragte Mason.

„Wie sollte ich?", antwortete James.

„Verdammt viel", erwiderte Mason. Er stellte James dieselben Fragen wie beim letzten Mal. Aber James schlug sich hervorragend. Mason konnte keine Abweichungen zu den Antworten vom letzten Mal finden.

„Fühlen Sie sich nicht zu sicher. Wir werden noch etwas finden", warnte Mason.

„Da können Sie lange suchen", entgegnete James.

Erneut versuchte Mason, James zu übertrumpfen. Er fragte James über Arthur und Kayan aus. Leider war dabei nichts von Wert für die Ermittlung. Am Ende des Verhörs wies Mason darauf hin, die Angelegenheit vertraulich zu behandeln. James versicherte ihm sein Stillschweigen. Anschließend verabschiedeten sich die beiden voneinander.

Mason hatte sich mit seinen Fragen im Kreis gedreht, was für James ideal war. Dieses Durcheinander erwies sich für James als Geschenk Gottes. Er schritt durch die Tür nach draußen auf die Straße und eilte zur nächsten Ecke. Ein kurzer Blick über die Schulter und er griff nach seinem Handy.

„Was macht die Abstimmung?", fragte James, als John abnahm.

„Die Nacht war lang, aber wir haben einen Konsens", antwortete er.

Für einen kurzen Moment schien die Zeit stehen geblieben zu sein. Die Passanten bewegten sich in Zeitlupe, während James' Herz immer langsamer zu schlagen schien. Ein lautes Rauschen dröhnte in seinem Ohr, dann war alles wieder normal.

„Hondo wird die Schuld für die Finanzunterschlagung gegeben und ihm wird das Verschwinden der Sprengsätze vorgeworfen", gab John von sich. „Die Abstimmung ist sogar einstimmig verlaufen. In der nächsten Stunde wird die Finanzhilfeunterschlagung in einer Presse-konferenz präsentiert."

„Ausgezeichnet", meinte James.

„Die Regierung zweifelt zurzeit an der Echtheit der Sprengsätze. Sollte sich die Echtheit dieser Sprengsätze aber bestätigen, würden sie den Forderungen Folge leisten und die versprochene Wirtschaftshilfe übermitteln", erklärte John.

„Einen Sprengsatz können wir übergeben", schlug James vor. „Die genauen Forderungen wird die Regierung sowieso wie vereinbart in einem Zeitungsartikel in der New York Times platzieren."

„Meinst du, dass es eine gute Idee mit dem Zeitungsartikel ist?", fragte John.

„Was soll schon schiefgehen bei einem Text über Babyshampoo und Seifenblasen?", antwortete James.

„Der Zeitungsartikel wird morgen früh veröffentlicht. Alles Weitere sehen wir dann", schloss John und legte auf.

James lehnte sich gegen die Wand und begann, eine E-Mail zu ver-fassen. Mit schnellen Fingerbewegungen formulierte er seine Worte auf dem Touchscreen. „Die Pressekonferenz ist in einer Stunde. Haltet euch bereit." Er verlinkte den Stream und drückte auf ‚Senden'. Zur Absicherung klingelte er bei Jarule durch. James sprach kurz die Wichtigkeit der Pressekonferenz an und verwies dann auf den Link in der E-Mail.

KAPITEL 31

Mit fünfminütiger Verspätung trat ein Finanzbeamter ans Pult. Es dauerte eine Weile, bis das Blitzlichtgewitter aufhörte. Dann fing er an, vom Bildschirm abzulesen. Die Ansage war monoton. Die Fakten wurden nur so heruntergebetet. James ging davon aus, dass Jarule bereits handelte. Als Erstes würde er das staatliche Fernsehen und die gesamte Kommunikation übernehmen. Gleichzeitig würde die Absetzung und Inhaftierung Hondos stattfinden. Der Rest würde sich anschließend ergeben. Nach Abschluss der Konferenz wartete er. Selbst zehn Minuten später war keine Änderung im kamerunischen Staatsfernsehen zu sehen. James nahm sein Notebook zur Hand und überprüfte jeden Kanal. Als er erneut die Kanäle durchklickte, war nirgends ein Bild zu sehen. Auf CRTV blieb er stehen. Das Bild flackerte. James legte die Fernbedienung aus der Hand und wartete. Als er sich zurücklehnen wollte, flackerte das Bild auf. Eine Nachrichtensprecherin verkündete, dass Hondo wegen Korruption und Steuerhinterziehung inhaftiert worden sei. Eine provisorische Regierung würde bis zu den Neuwahlen in drei Monaten die Geschäfte leiten. James konnte seine Freude kaum verbergen. Gebannt lauschte er der Nachrichtensprecherin, bis sein Handy klingelte.

„Gratulation", sagte James, während er auf den Bildschirm sah.

„Wir haben es geschafft", antwortete Aleeke.

„Irgendwelche Komplikationen?", fragte James.

„Wir haben zu schnell agiert. Denen verblieb keine Zeit, zu handeln. Wir haben sie kalt erwischt", antwortete Aleeke.

„Irgendwelche Verletzte?", fragte James zögerlich.

„Wir haben gestern per Zufall erfahren, dass Hondo sich heute im Präsidialamt aufhält", antwortete Aleeke. „Wir mussten ihn nur noch einsammeln."

Im Hintergrund waren die unterschiedlichsten Stimmen zu hören. Hauptsächlich waren es euphorische Stimmen. Viel Französisch, aber auch Englisch war zu vernehmen. Wie verhedderte Schnürsenkel griffen die Sprachen ineinander. Untrennbar schienen ihre Worte sich immer weiter zu verschmelzen. Worum es ging, konnte James nicht sagen. Nur die Leidenschaft, die war zu hören. Aleeke entfernte sich vom Geschehen, um James besser zu verstehen.

„Kriegen wir die Gelder?", fragte Aleeke.

„Die Hälfte der Gelder ist auf dem Weg. Die andere Hälfte kommt später", antwortete James.

Die Hintergrundgeräusche wurden zunehmend lauter. Das Gemisch von Französisch und Englisch bahnte sich unaufhaltsam seinen Weg hinüber zu Aleeke. Die Verständlichkeit ließ Stück für Stück nach.

„Hier kommt gerade Arbeit auf mich zu", sagte Aleeke nur. Dann war der Ton weg. James machte den Fernseher aus. Nur sein Notebook ließ er an. Er begab sich in die Küche und schenkte sich zur Feier des Tages ein Glas Wein ein. Er hatte gerade das Glas angesetzt als sein Handy klingelte.

„Hast du schon mitbekommen, dass Hondo gerade abgesetzt wurde?", fragte Arthur, als James abnahm.

„Ja", antwortete James und nahm einen Schluck.

„Warum hast du mir nichts gesagt?", fragte Arthur.

„Ich habe es auch gerade erst im Fernsehen mitbekommen." James nahm noch einen Schluck Wein zu sich und schlenderte zurück zur Couch. „Gerne hätte ich dir Bescheid gegeben, aber ich war zeitlich anders eingebunden", entschuldigte sich James.

„Ist schon gut", meinte Arthur. „Hat das FBI schon etwas herausgefunden?", fragte Arthur.

„Das FBI ist immer noch auf der Suche. Die mobilisieren gerade alles", antwortete James und nahm einen weiteren Schluck. „Ich helfe denen, so gut ich kann."

„James, du musst die Bomben finden", drängte Arthur.

„Ich hänge mich rein", versprach James.

KAPITEL 32

Schon früh war James auf den Beinen, um sich eine New York Times am Kiosk zu besorgen. Zu Hause am Küchentisch blättere er sie sofort bis zum Artikel durch. Langsam las er ihn durch. Zur Sicherheit ein weiteres Mal. Jedes Wort überprüfte er. In der letzten Zeile wurde auch eine Adresse genannt, an die Interessierte ihre Meinung schicken konnten. James war klar, wer damit gemeint war.

Das Shampoo wurde im Artikel als hervorragend eingestuft. Sollte der Konsument mit dem Produkt nicht zufrieden sein, dann könnte er das Shampoo einschicken und würde dafür Ersatz erhalten. Natürlich war damit die Übergabe eines Sprengsatzes gemeint.

Er nahm den Artikel mit ins Arbeitszimmer und fing am Notebook mit der Formulierung seines Textes an. Mehrfach überarbeitete er alles. Zu weich durfte es nicht klingen, aber auch nicht zu hart. Den zweiten Sprengsatz würde es nur nach Einhaltung der Abmachung geben und den letzten ein Jahr danach. Fein säuberlich plante er jeden Satz. Als er mit dem Geschriebenen zufrieden war, druckte er die Seite aus und steckte sie in einen Umschlag. Briefmarken hatte er zu Genüge in der Schublade liegen. Bei jedem Handgriff trug er Handschuhe. Er wollte keine Spuren hinterlassen. Deshalb legte er den Umschlag auf die Küchentheke und warf die Handschuhe in den Mülleimer. Dann zog er sich den Mantel an, nahm seine Lederhandschuhe, steckte den Brief in die Seitentasche und eilte auf die Straße. Er nahm die U-Bahn zur Westseite des Central Parks. Am American Museum of Natural History vorbei schritt er die W 81 Street hoch. Er musste die ganze Straße hinaufgehen Richtung Columbus Avenue. Erst an der Kreuzung stand ein blauer Kasten.

Während James sich langsam zum Briefkasten hinbewegte, strömten Kolonnen an Menschen an ihm vorbei. Vor dem Briefkasten klopfte er seine Taschen ab. In der ganzen Aufregung hatte er vergessen, in welche Tasche er den Brief gesteckt hatte.

„Guten Tag, Herr Offenbach, was verschlägt Sie denn hierher?", erklang eine Stimme von hinten. Es war eine bekannte Stimme. Während er seine Taschen abklopfte, drehte er sich um. Mason stand ihm in einem dunkelblauen Anzug gegenüber. James verlangsamte das Klopfen. Schlussendlich steckte er die Hände in die Taschen.

„Das Gleiche könnte ich Sie auch fragen", antwortete James, während er seine Hände tiefer in der Tasche vergrub.

„Ich habe heute meinen freien Tag und befinde mich auf dem Weg zu einer Verabredung", antwortete Mason und streckte die Hand zur Begrüßung aus. Entschlossen erwiderte James die Geste, dann steckte er seine Hand wieder zurück in seine Tasche. Seine Finger wurden feucht von der Anspannung.

„Was machen die Untersuchungen?", fragte James.

„Abgesehen davon, dass Hondo gestürzt wurde, stecken wir noch voll in den Ermittlungen", antwortete Mason.

„Jetzt, da Hondo im Gefängnis ist, sollten die Ermittlungen schneller gehen", meinte James.

„Da haben Sie recht", bestätigte Mason, während er James' Mantel betrachtete. „Und was machen Sie an ihrem freien Tag?"

„Ich bin hier mit einem Freund verabredet", log James.

„Beinahe hätte ich Sie nicht erkannt. Nur durch das wilde Abklopfen ihres Mantels sind Sie mir aufgefallen", sagte Mason. James blickte auf seinen Mantel und nahm seine Hände aus seiner Tasche.

„Haben Sie etwas verloren?", fragte Mason.

Erneut fing James an, seine Taschen abzuklopfen. „Ich weiß nicht, in welche Tasche ich mein Handy gesteckt habe", antwortete James. Er wusste sehr wohl, wo das Handy war – im Gegensatz zum Brief. Trotzdem klopfte er jede Tasche ab. Dann griff er in die Innentasche seines Sakkos und holte sein Handy hervor. Wie eine Trophäe hielt er das Handy vor sich hin.

„Mal sehen, wo mein Freund sich aufhält", sagte James, während er die Handschuhe auszog. Mason blickte kurz aufs Handy und nahm dann Abstand von James.

„Ich muss dann mal weiter. Ihnen noch einen schönen Tag", verabschiedete sich Mason und schlenderte die Columbus Avenue entlang.

James tat so, als ob er telefonieren würde, dabei verfolgte er jeden Schritt von Mason im Augenwinkel, bis dieser nicht mehr zu sehen war, dann erst steckte er sein Handy ein.

James verlor keine Zeit und eilte auf dem schnellsten Weg nach Hause. Als die Tür zufiel, wählte er Johns Nummer. Während das Handy klingelte, blickte er durch die Jalousien auf die Straße.

„Ist der Brief auf dem Weg?", fragte John.

„Mir ist etwas dazwischengekommen", antwortete James. „Ich glaube, dass ich beschattet werde."

„Kann nicht sein. Offiziell haben die noch keine Untersuchungskommission gegründet", erwiderte John.

„Wie groß ist dann die Chance, dass ich meinen Verhörer an einem Briefkasten unzählige Blocks von meiner Wohnung antreffe?", fragte James und wanderte zu einem anderen Fenster hinüber.

„Vielleicht handelt er auf eigene Faust. Bleib fürs Erste ruhig", antwortete John.

„Kannst du den Brief für mich einwerfen?", fragte James, als er sich aufs Sofa setzte.

„Schick mir den Brief verschlüsselt an die bisherige E-Mail-Adresse. Ich erledige den Rest", antwortete John.

„In fünf Minuten hast du sie", sagte James und legte auf.

James stellte das Notebook an. Währenddessen zog er seinen Mantel aus und entnahm den Brief. Er riss den Umschlag auf und legte das Geschriebene neben die Tastatur. Langsam tippte er jedes Wort fein säuberlich ab. Zweimal las er den Text Probe. Erst dann jagte er ihn durch die Software und verschickte ihn per E-Mail.

Er nahm den Brief und den Umschlag und rannte in die Küche. Er griff nach dem dichtesten Kochtopf und platzierte ihn unter dem Abzug. Dann öffnete er die Schublade und griff nach einem Streichholz. Ein kurzes Aufzischen und er hielt das brennende Stäbchen in der Hand. Er griff nach dem Brief und zündete ihn an der unteren rechten Ecke an. Dann zündete er die linke Ecke an. Er wartete einen Augenblick, bis die Flammen zur Hälfte den Brief verschlungen hatten, dann legte er das brennende Stück Papier in den Topf. Die Flammen des Briefs nutzte er, um den Umschlag zu entfachen. Er drehte den Umschlag in seiner Hand, bis er überall brannte. Erst dann legte er den Umschlag auf den brennenden Brief. Als nur noch Asche im Topf war, schaltete er den Abzug aus und ließ den Topf mit Wasser füllen. Die Reste spülte er den Abfluss hinunter. Im Arbeitszimmer hörte er sein Handy vibrieren.

„Hast du die Nachricht erhalten?", fragte James.

„Die Nachricht ist raus an die New York Times", antwortete John.

„Per Post?", fragte James.

„Digital", antwortete John.

Als er den Rauch an seinen Händen roch, hielt James das Handy weiter von sich weg.

„Mach dir keine Sorgen. Die Nachricht kommt über Umleitungen an die Times. Die werden nie dahinterkommen", erklärte John.

„Verstehe", sagte James und beendete das Gespräch.

James drehte den Wasserhahn auf und griff zum Seifenspender, während er das Handy zur Seite legte. Gründlich verrieb er die Seife in seiner Hand und spülte sie mit reichlich Wasser ab. Der Rauchgeruch war nur noch minimal. Er zog seine ganze Garderobe aus. Im Schlafzimmer kleidete er sich von oben bis unten neu ein. Dann legte er sich in Jeans und Hemd aufs Sofa. Er legte das Handy auf sein Bein und blickte die Decke an. Die Ruhe war himmlisch. Die Stunden verstrichen, während er auf dem Sofa lag. Das massierende Gefühl des Handys veranlasste ihn zum Abnehmen.

„Sie haben den Sprengsatz überprüft", sagte John. James richtete sich vom Sofa auf und setzte sich aufrecht in die rechte Ecke, während John weitersprach. „Es wird ein neues Krisentreffen einberufen. Sobald jeder Zweifel aus der Welt geräumt wurde, haben wir sie in der Hand", fuhr John fort.

„Werden die sich an die Forderungen halten?", fragte James, während er das Handy ans Ohr drückte.

„Das Krisentreffen wird die Erkenntnis bringen", antwortete John und legte auf.

Zwar fiel der Verdacht auf Hondo, aber eigentlich war er die Person, die sie haben wollten. Er hatte alles eingefädelt. Er war es, der für den Schrecken sorgte. James hatte mittlerweile nur noch Augen für die Zukunft. In zwei Jahren wäre sowieso alles vorbei. Zwar würde die Angst von diesem Vorfall noch länger andauern, aber dies konnte er nicht ändern. Ob die Regierung jemals diesen Schrecken verkraften würde, blieb dahingestellt.

Die Zeit bewegte sich wie in Zeitlupe. Alles kroch. Das Ticken der Wanduhr gab den Rhythmus vor. Er legte die rechte Hand auf die Lehne, während die andere nur schlaff neben ihm lag. Geduldig wartete er ab.

„Sie gehen auf alles ein", hallte Johns Stimme euphorisch durchs Handy.

„Ohne Klauseln?", fragte James.

„Ohne auch nur eine Beanstandung", antwortete er.

KAPITEL 33

Es war der erste Flug nach zwei Jahren. Die Sprengsatzproblematik hatte sich hingestreckt. Einige Treffen mit Mason musste James noch über sich ergehen lassen, aber als Jarule drei Monate nach Hondos Sturz vereidigt wurde, hörten die Befragungen auf. Die US-amerikanischen Behörden hatten dann ein neues Ziel vor Augen. Immerhin ein fassbares Ziel. Die USA drängte zur Auslieferung Hondos und drohte im Falle einer Nichteinhaltung mit Sanktionen. Natürlich waren dies alles leere Worte. Immerhin war ein Sprengsatz noch nicht übergeben worden. In Los Angeles schlummerte der Letzte. Der Brief lag schon im Postkasten. Morgen würde er bei der New York Times eingehen und das letzte Versteck preisgeben. Es war nichts Spektakuläres. Der Sprengsatz stand in einem Keller einer ehemaligen Kneipe in East Los Angeles. Mit dessen Übergabe wäre die Sache abgeschlossen. Seine Stimmung verbesserte sich stündlich. Er hatte den Flug nach San Juan genossen. Die Wolken flogen an ihm vorbei, während er an seinem Martini nippte. Nun stand er in seinem Zimmer im Vanderbilt Hotel und blickte nach draußen. Der Pool war voll mit Gästen. Überall tummelten sich die Menschen und erfreuten sich an der strahlenden Sonne. Die meisten schienen US-Amerikaner zu sein. Das Wetter war warm, sehr warm, weshalb sich James vor der Reise eine luftige Leinenhose und zwei Leinenhemden gekauft hatte. Die Klimaanlage war erfrischend und dessen Luft kroch durch die luftige Kleidung an seinen Körper. Er schloss den Koffer und hängte sein Sakko auf einen Kleiderbügel, dann schlenderte er allmählich zur Lobby. Er genoss jeden Schritt. Nur noch Stunden, und die Last würde von ihm abfallen. Alles war in greifbarer Nähe. Er durchquerte die schwarze Marmorlobby und ging schnurstracks ins Restaurant. Der Kellner wollte gerade James nach seiner Reservierung fragen, da zeigte er auf einen Tisch am

Ende des Raumes. Aleeke und John hatten dort bereits Platz genommen und unterhielten sich. Als Aleeke James sah, winkte er ihn zu sich. Sein Gesicht strahlte bis in die Haarspitzen, während er mit den Armen wedelte. James ließ den Kellner hinter sich und schritt auf den Tisch zu. Der vierte Stuhl würde für den Abend frei bleiben. Arthur war vor einem Jahr bei einem Autounfall ums Leben gekommen. Bis dahin hatte er die Entwicklung Kameruns akribisch verfolgt und sie bei allen Problemen tatkräftig unterstützt. Immerhin hatte Arthur den Erfolg noch erleben können, nicht wie Kayan, den es vorzeitig aus dem Leben gerissen hatte. John war nach wie vor im Präsidialstab des US-Präsidenten tätig und kümmerte sich um die Informationsbeschaffung. Aleeke hatte den größten Sprung von allen gemacht. Er war zum Sekretär des Verteidigungsministers aufgestiegen und war damit hinter diesem der zweitwichtigste Mann in der Abteilung.

„Wir haben uns gerade über die Entwicklung von Kamerun unterhalten", erzählte John, während James sich setzte.

„Mit einem solchen Wachstum konnte keiner rechnen", ergänzte James.

„In nur zwei Jahren haben wir 18 % Wachstum erreicht, und es ist noch kein Ende in Sicht. Die Maßnahmen haben unsere Erwartungen bei Weitem übertroffen", bestätigte Aleeke.

„Jarule hat das Land im Griff", sagte John.

Während die beiden sich über die wirtschaftliche Entwicklung und den Frieden im Land austauschten, nahm James sein Handy aus der Hosentasche. Es brauchte etwas Fingerspitzengefühl, aber dann hatte er die SIM-Karte herausgefummelt. Er steckte das Handy zurück in die Hosentasche und ging zum Kamin. Mit jedem Schritt brannte das Feuer stärker auf seiner Haut. Ein letztes Mal blickte er auf seine Hand. Beim Feuer fing die SIM-Karte in seiner Hand an zu funkeln. Sie war der ständige Begleiter gewesen. Bei allen Anrufen und E-Mails, die mit den Sprengsätzen zu tun hatten, war sie die Brücke zu den anderen gewesen. James ballte seine Faust, so fest er konnte. Als die Karte zu stechen anfing, warf er sie in die Flammen. Sie landete mitten im Feuer. Nach einem kurzen Knistern begann das Plastik, zu schmelzen. Drei Sekunden starrte James ins Feuer, bevor er seinen Rückweg antrat.

„Lasst uns trinken", forderte James seine Freunde auf, als er die Champagnerflasche aus dem Kühler nahm und allen ein Glas einschenkte. „Auf die Freiheit", ergänzte er.

Nun standen sie alle und ließen die Gläser klingen. Gemeinsam schallten sie in den Saal: „Auf die Freiheit."

Ende